황용엽의 인간풍경

저널리스트가 본
황용엽의 인간풍경

초판 1쇄 찍은날 2015년 10월 10일
초판 1쇄 펴낸날 2015년 10월 15일

지은이 정중헌 **펴낸이** 최윤정 **펴낸곳** 도서출판 나무와숲 | **등록** 2001-000095
주소 서울특별시 송파구 올림픽로 336 1704호(방이동, 대우유토피아빌딩)
전화 02-3474-1114 **팩스** 02-3474-1113 **e-mail** namuwasup@namuwasup.com

값 18,000원
ISBN 978-89-93632-49-1 03810

저널리스트가 본

황용엽의
인간풍경

Humanscape

정중헌 지음

나무와숲

저널리스트가 본
황용엽의 삶과 예술

나는 이 책을 쓰지 않을 수 없었다. 아니 쓰고 싶었다. 올 봄에 황용엽 선생님의 초청으로 조병철 예전 조선일보 문화부장님과 셋이서 식사를 한 적이 있다. 84세의 황 선생님은 7월에 국립현대미술관에서 대규모 회고전을 갖게 되었다며 '인간의 길' 60년을 돌아보는 자전自傳을 내고 싶다고 하셨다. 문화부 기자로 일하면서 황용엽 선생님과 인연이 깊었던 필자는 그 자리에서 도움을 자청했다. 지난 여름은 유난히 무더웠지만 흩어진 자료를 정리하고 기사와 평론을 찾아내 황용엽의 삶과 그림, 화단 활동과 연보年譜 작성을 도왔다.

이 작업을 하면서 필자는 황용엽 선생님의 60여 년에 이르는 화업 중 전기의 '인간' 시리즈는 집중조명이 된 반면, 1980년대 후반에 시작된 후기의 자유로운 인간 유희와 세상 풍경에는 관심이 쏠리지 않은 점을 발견하고 이 점을 집중 조명해야겠다는 생각을 하였다. 필자는 미술기자를 오래했지만 미술평론가는 아니다. 그래서 저널리스트의 시각에서 화가 황용엽을 조명하는 작업을 해보고자 했다. 무엇보다 황용엽 선생님이 펴낸 자전 에세이 『삶을 그리다』와 미술평론가들이 이미 해놓은 황용엽 작가론 등 평론이 좋은 텍스트가 되었다. 더욱이 국립현대미술관에서 펴낸 《황용엽:인간의 길》도록이 나와 최근의 작업 경향까지 살필 수 있었다.

이 같은 텍스트를 토대로 필자는 황용엽의 삶과 예술을 이제까지의 관행대로 앞에서가 아니라 뒤에서부터 조명해 보자는 생각을 하게 되었다. '황용엽이 왜 우리 시대에 높이 평가해야 할 화가인가'에 대한 필자의 견해와 함께 평론가들은 황용엽을 어떻게 비평했는지를 나름대로 정리해 보았다. 그리고 주제넘지만 "황용엽 선생님을 통일박물관에 모셔야 한다"는 제안을 곁들였다.

필자가 황용엽 선생님을 처음 뵌 것은 1976년 조선일보 문화부 미술기자로 일할 때였다. 당시 조선일보 문화면에 '산실産室의 대화'라는 기획을 연

재 중이었는데, '인간'을 그리는 화가 황용엽 선생님을 인터뷰하면서 만나 뵌 것이다. 당시 황 선생님의 창작 산실은 숙명여고에 있었다. 그때 처음으로 흑백의 모노톤으로 그린 '한계상황의 인간' 연작들을 보고 이처럼 독창적 화풍의 작가도 있다는 것을 알았다.

당시만 해도 국전이 화단의 주류를 이루고 있었고, 소장층에서는 앵포르멜 Informel이나 단색화에 경도되어 있었는데 황용엽이라는 화가는 이런 사조에 휩쓸리지 않고 '인간'이라는 주제에 천착하면서 자신의 독창적인 조형 언어를 펼쳐 보였던 것이다. 이지러지고 왜곡된 황용엽의 인간 형상은 자유를 억압당한 그의 체험과 전쟁의 상흔을 명징한 이미지로 표현해 세상에 충격을 던졌다.

더욱이 필자는 1989년 11월 황용엽 선생님에게 기쁜 소식을 전할 수 있었다. 조선일보사가 이중섭의 예술혼을 기리기 위해 제정한 '이중섭미술상'

의 제1회 수상자로 황용엽 선생님이 선정되셨다는 기쁜 소식이었다. 당시 필자는 황용엽 초대전이 열리고 있는 국제화랑으로 달려가 그 소식을 직접 전했다. 이 상은 화가 황용엽의 존재와 예술세계를 세상에 알리는 신호탄이 되어 그 후 선생님은 조선일보 초대전과 예술의 전당 회고전, 그리고 올해 국립현대미술관《황용엽 : 인간의 길》전까지 자신의 작품세계를 유감없이 펼치는 행복한 화가가 되셨다.

화가 황용엽이야말로 통일 한국을 넘어 세계에 알릴 우리 시대의 진정한 예술가라고 믿는 필자는 이 졸저가 화가 황용엽을 대중에게 보다 가깝게 알리는 데 도움이 되기를 바랄 뿐이다. 끝으로 이 책의 출간에 도움을 주신 황용엽 선생님과 도서출판 나무와숲 최헌걸 사장, 이경옥 주간에게 감사를 드린다.

2015년 9월 이촌동에서
정중헌

CONTENTS

황용엽

스페셜 인터뷰

2015 '산실의 대화'

1977년 8월 하순, 조선일보 문화부 정중헌 기자는 예술가들의 작업 현장을 찾아가 인터뷰하는 '산실産室의 대화'를 위해 서양화가 황용엽 선생의 작업실이 있는 숙명여고를 방문했다. 당시 46세인 황 선생님은 숙명여고 미술교사로 재직하며 6회 개인전을 준비 중이었다. 그때 31세인 정중헌 기자는 "황용엽이 추구하는 '인간'이란 무엇인가, 그는 왜 '인간'을 그리는 것일까?"에 대해 화가와 심도 있는 대화를 나눴다. 황 선생님은 인터뷰에서 "작품 속의 인간은 제 자화상입니다"라고 말했고, 이것이 큰 제목으로 기사화됐다. 세상에 던져진 자신의 절실한 모습을 어떻게 회화적으로 조형화해 나가느냐가 관심사라는 것이었다.

그로부터 38년이 지난 2015년, 서울 동작구 남현동 예술인마을 황용엽 선생님 화실에서 두 사람의 대화가 다시 이루어졌다. 제2의 '산실의 대화'인 셈이다. 국립현대미술관 초대로 과천관에서 대규모 회고전을 가진 황 선생님은 자서전 『삶을 그리다』도 출간하여 노익장을 보였다. 이번 인터뷰는 '저널리스트가 본 황용엽의 인간 풍경'을 집필 중인 정중헌 전 조선일보 문화부장/논설위원의 요청으로 특별하게 이루어졌다. 인터뷰 내용은 질문지에 황용엽 선생님이 자필로 답변한 것을 토대로 필자가 가필하는 형식으로 정리한 것이다.

2015년은 황용엽의 해

_ 2015년은 선생님의 화가 인생에 매우 뜻 깊은 해였다고 봅니다. 국립현대미술관에서 대규모 회고전을 가졌고, 자서전 『삶을 그리다』도 내셨습니다. 예전 같으면 그 연배에 하기 힘든 일을 80대에 해낸 소감이 어떠신지요?

우선 도움을 주신 모든 분들께 감사의 말씀을 드리고 싶습니다. 대규모 회고전을 하고 자서전을 내는 일이 나 혼자만의 힘으로 되는 것은 아니니까요. 국립현대미술관 초대전은 제 화가 인생을 정리하는 전시회로 의미가 있었고, 도록도 잘 나왔습니다. 자서전은 삶의 여정을 정리하는 차원에서 기록하고자 했던 일인데 미루다 보니 늦게 정리한 감이 없지 않습니다. (황 선생님은 최근 전시회 관계로 바삐 다녔더니 피곤했는데 어제 오전 테니스를 쳤더니 피로가 말끔히 가셨다고 했다.)

_ 국립현대미술관이 기획한 《황용엽 : 인간의 길》전은 한국 미술사의 한 페이지를 장식하는 비중 있는 회고전이었다고 생각합니다. 한국 현대미술사에 뚜렷한 족적을 남긴 원로 예술가를 조명하는 '현대미술작가 시리즈'로 열려 전시 기간(2015년 7월 25일~10월 11일)도 길었고, 전시 공간(과천관 제1전시실)도 넓었습니다. 또 국립현대미술관 전시기획팀이 펴낸 전시 도록 『황용엽 인간의 길』은 제2의 종합 화집이라고 할 만큼 편집이 좋다는 평가를 받고 있습니다. 현대미술작가 초대전을 어떤 마음으로 준비하셨는지요?

국립현대미술관 최은주 수석 큐레이터로부터 전화로 통보받고 흥분한 그 순간을 잊을 수가 없습니다. 다시 한 번 모든 분들께 감사드립니다.

국립현대미술관이 한국 현대미술사에 뚜렷한 족적을 남긴 원로 예술가를
조명하는 '현대미술작가 시리즈'로 기획한 《황용엽 : 인간의 길》전이
2015년 7월 2일부터 10월 11일까지 국립현대미술관 과천관 제1전시실에서
열렸다. 위 사진은 제4 전시실 내부.

며칠 후 회고전 차원에서 기획하고 있다는 자세한 내용을 전해 들으면서, 한편으로는 마음이 무겁기도 했습니다. 옛 것부터 정리 차원에서 꾸며 가야 할 텐데 하면서도, 나 나름의 생각이 잘 떠오르지 않아 걱정도되었습니다. 모든 기획과 실행 과정에서 이추영 학예연구사가 계획대로전시를 추진하여 공간 구성도 좋았고, 작품의 디스플레이도 마음에 들었습니다. 새로운 시각의 평론과 함께 작품을 시대별로 구분하여 편집한 전시 도록의 꾸밈도 완벽할 정도라고 생각합니다. (황 선생님은 도록을펼쳐 보이며 작품 도판 인쇄의 색감이 깊이 있게 나왔다고 흡족해했다.)

_ 전시 공간을 다섯 개로 분리하여 선생님 작품을 시대별로 걸었습니다. 이번 전시를 기획한 이추영 학예연구사는 "황용엽의 예술세계에 대한 깊은 이해를 위해 시기별 흐름과 작품의 경향을 세심하게 고려하여 구획했다"고 밝혔습니다. 1960~70년대 작품이 걸린 1실과 2실은 미로와 같은 통로와 어두운 벽색으로 꾸몄고, 1980년대 작품들은 벽면에서 떼어내 입체적으로 전시했더군요. 선생님 보시기에는 어떠셨는지요?

우선 시대별로 폭넓게 전시 공간을 잘 구성하여 관람객들이 제 작품을이해하는 데 좋은 바탕이 되었다고 생각합니다. 작품 수는 충분히 가지고 갔는데 전시 효과를 위해 다 걸지는 못했습니다. 스케치 30점을 전시한 것도 괜찮았던 것 같습니다.

_ 생전에 자서전을 펴낸 예술가가 흔치는 않다고 봅니다. 황 선생님이 자서전을 낸 이유와 내고 난 이후의 심경을 듣고 싶습니다.

그동안 살아온 기록을 남기고 싶었던 것이지요. 그러나 그림을 글로 옮기는 자서전 작업이 쉽지는 않았어요. 제 뜻대로 글과 그림을 조화롭게정리하고자 했는데 그게 매우 힘들었습니다. (씨앤에이컴퍼니가 출판한 황용엽 자전『삶을 그리다』는 하드카버 총 250여 페이지에 나의 삶, 나의 그림, 나의 화단 활동 등 총 3부로 구성했고, 지인들의 글도 곁들였다.)

_ 화가 황용엽의 삶과 그림에 대한 '육성 기록'이라고 할 자전에는 평생 '인간'을 추구해 온 선생님의 삶의 궤적을 읽을 수 있습니다. 그중에도 책머리에 실은 "그림은 자신의 삶을 표현하고 자기만의 포름을 만드는 것"이라는 말씀이 가슴에 와 닿습니다. 이 글에 대한 선생님 생각을 부연해 주시기 바랍니다.

화가는 살아온 그 시대에서 앞서가야 합니다. 다시 말해 창작은 시대의 뒤편에 있으면 안 된다고 생각합니다. 과거, 현재, 미래가 연결되어 다음의 무엇을 얻을 수 있다면, 이런 것들이 자기의 포름을 이루는 요소가 되지 않을까요. (그는 자서전 서문에 "그림 속에 일기를 쓴다면 어떨까요. 누구나 삶의 가치를 간직하고 자기 이야기를 각인하면 가치 있는 그림이 되지 않을까요. 꾸며서 자기만의 형과 색이 어울려 자기의 양식이 만들어지면 이것이 창작이라는 생각이 듭니다"라고 술회했다.)

_ 선생님은 '작가의 글'에서 "인간의 한계상황을 형상화"했다고 밝히셨는데 선생님이 말하는 인간의 한계상황이란 어떤 것인지요? 또한 "그림은 내 삶의 증언"이라고 하셨는데 선생님이 겪은 체험이 작품에 반영된 구체적인 경우를 말씀해 주시지요.

누구에게나 그 시대의 공통점을 갖고 있다고 생각합니다. 역사적 배경이나 환경 여건을 어떻게 받아들이느냐의 차이가 있겠고, 해석하고 체득하는 차이가 있겠지요. 화가는 나름대로 영향을 받으면서 그림이 형성된다고 봅니다. (그는 자서전에서 6·25 전쟁 발발로 5개월간의 지하 생활에서 겪은 죽음에 대한 공포, 월남하여 국군에 입대해 동족끼리 총부리를 겨눈 비극, 보복 현장에서 목격한 인간의 잔인성, 지하실에 감금되어 자유를 억압당한 기억, 그리고 무엇보다 미군 영내의 몽키하우스(영창)에서의 충격 등을 꼽았다.)

_ 황 선생님은 화가로 살아오면서 기자나 평론가들로부터 가장 많이 받은 질문이 "왜 인간을 그리느냐"는 것이라고 하셨습니다. 지금 새삼스럽지만 왜 인간만 그려 왔느냐고 묻는다면 어떻게 답하시겠습니까?

내가 살아온 흔적들을 지울 수가 없군요. 나를 각인하는 그림을 그렸다고 할까요. (황 선생님은 이렇게 짧게 답했으나 자전을 보면 "내가 왜 일그러진 인간을 그리는지 알 수가 없다. 나도 모르게 그렇게 되었다는 것이 정확한 표현일 것이다. 그러나 분명한 것은 내 그림이 나온 시기가 전쟁과 이산 등 모든 것이 희망 없는 암울한 시대였다는 점이다"라고 토로했다.)

_ 제가 선생님을 취재하면서 가장 궁금한 것은 삼각형 형상으로 단순화된 인간 캐릭터입니다. 저는 이 캐릭터가 선생님이 창안해 낸 '황용엽 포름'이라고 봅니다. 여쭙고 싶은 주제는 이 포름을 먼저 만들고 인간의 이야기를 펼쳤는지, 고단한 삶을 표현하기 위해 이 같은 캐릭터를 만드셨는지 하는 우문입니다. 평론가들은 캐릭터 자체의 창의성보다는 선생님이 겪은 삶의 무게 때문에 이 캐릭터를 비극적으로만 해석하는 경향이 있는데, 여기에 대해서도 말씀해 주시지요.

제 모습과 감성을 그림으로 전달하는 방법이 단순화입니다. 그리고 누구에게나 세모 속에 함축하여 전달하고 싶었습니다. 네모에서 세모로 함축된 단순화가 나의 포름이라고 해도 좋을 듯합니다. (그는 자전에서 "나는 단순한 선, 단순한 색, 단순한 형상을 추구했다. 내용보다도 내 스타일, 내 기법을 가지고 그리는 표현 양식, 즉 내 포름을 만들려고 했다"고 밝혔다.)

_ 황용엽의 '인간 캐릭터'에 대해 더 여쭙겠습니다. 선생님은 자전에서 영향을 받은 외국 화가들, 좋아하는 대가들에 대한 견해를 밝히셨습니다. 반면 일부 평론가들이나

기자들은 선생님의 인간 캐릭터가 혹시 외국 화가의 인간 형상을 참고한 것은 아니가 하는 말들도 하고 있습니다. 예를 들어 인간의 형체를 극도로 데포름한 스위스 조각가 자코메티, 고립된 인간 형상을 그로테스크하게 형상화해 인간의 폭력성과 존재적 불안감을 드러낸 영국의 표현주의 화가 프랜시스 베이컨, 20세기의 공포·잔혹·고독·절망감을 표현한 뭉크나 프랑스의 장 드뷔페 같은 화가를 떠올리는데요.

맞습니다. 지금 열거한 외국 작가들은 오래전부터 저에게 공감을 준 분들입니다. 1980년도에 스위스 취리히 현대미술관에서 독립된 자코메티 전시장에 혼자 찾아갔어요. 자코메티의 작품들은 저에게 깊은 감동을 주었습니다. 그해 영국 런던에 가서 프랜시스 베이컨의 작품들을 보며 큰 스케일에 또 한 번 놀랐습니다. 그동안 책에서만 읽었던 것과는 차이가 많은 것을 알게 되었습니다. 내용 면에서나 표현 양식이 다릅니다. 관념의 차이는 있지만 무언가 잡히지 않는 공통점이 있는 것은 사실입니다. 그러나 시대성이나 배경의 역사적 차이는 분명 다르고, 저와 같을 수 없는 것 또한 분명합니다. 나의 양식이 절대적이라는 점입니다.

_ 황 선생님은 1977년 조선일보 '산실의 대화' 인터뷰에서 저에게 "작품 속의 인물은 나의 자화상"이라 했고, 1989년 이중섭미술상 수상 기념 인터뷰에서도 "내 그림은 치열한 삶의 자화상"이라고 하셨는데 그 배경은 무엇이며, 지금도 같은 생각이신가요? 자화상도 여러 점 그린 걸로 알고 있는데, 그와는 어떻게 다른지요?

제가 말한 "작품 속의 인물은 나의 자화상"이란 거울 앞에서의 자화상이 아니고 나의 치열한 삶의 자화상입니다. 우리 분단의 비극적 상황, 시대적 배경의 반영이라고 말하고 싶습니다. 이런 배경이 지금도 연속되고 있다는 생각이 듭니다. 속박·구속의 차원에서 말입니다.

황용엽 선생은 "작품 속의 인물은 나의 자화상"이라고 말한다. 자신의 치열한 삶의 자화상이라는 것이다.

_ 황용엽의 '인간 캐릭터'와 함께 선생님 작품 속의 선線이 비평의 초점이 되기도 했습니다. 평론가 오광수 선생은 '주술적呪術的인 선'이란 표현을 썼는데, 선생님 작품에서 선의 역할이나 비중은 어떤 것인지요?

기원은 인권의 속박에서 생겼다고 봅니다. 한편, 화면을 구성하는 데 있어 형태와 선의 회화적 요소로 나름대로 꾸며서 그린 것들이 많다고 볼 수 있습니다. (자전을 보면 황용엽의 작품에 선이 등장한 시기는 1973년 2회 개인전부터이다. 〈인간〉이란 제목을 붙인 대작들을 발표했는데 "이때부터 선이 등장해 인간을 억압하는 조형 작업을 했다"는 것이다.)

_ 제가 보기에 선생님의 작품세계는 한계상황의 인간을 형상화한 전기, 고향에 대한 향수와 세상의 풍경을 전통 문양과 색채로 표현한 후기로 나뉩니다. 그렇다면 선생님의 '인간 캐릭터'도 소재나 색채처럼 변모한 것인지요?

제 작품의 변화는 이제껏 전개된 체험적 상황을 우리 토속 문화에 접목할 수 없을까 해서, 또한 우리 고유의 특성을 구성할 수 있으면 하는 시도에서 출발하게 되었습니다. (그는 자신의 작품 활동을 전기나 후기로 나누는 데는 별 관심을 보이지 않았다. '인간'이라는 주제를 물고 늘어진 연속 작업인데 변화를 주기 위해 자연스럽게 작품세계가 변화되었다는 입장이다.)

_ 1970년대 매년 개인전을 열어 '인간' 시리즈를 발표하고 1980년대까지도 이 작업을 지속했던 선생님의 작품이 1980년대 후반에 밝게 변하고 제목도 붙게 된 구체적인 이유를 다시 한 번 밝혀 주시면 고맙겠습니다.

그간 그림이 너무 침체돼 있다고 느껴질 때가 종종 있었습니다. 다음 단계로 옮겨가야 하는데 항상 미완성의 연속이었습니다. 한편 밝은 세상에서 되돌아보는 나의 세계가 어떨까, 우리의 전설적 고분벽화 같은 것을 생각하게 되어 접목해 본 것입니다.

_ 황 선생님은 자전에서 '인간'이라는 큰 명제는 일관되지만 세상 변화에 따라 작품이 변했다고 했습니다. 이에 대해 평론가 오광수 선생은 "닫힌 상황 속의 인간에서 열린 풍경으로의 인간으로"라고 평했는데, 선생님 생각은 어떠신지요?

현 시점에서 생각해 보자, 밝은 세상의 이미지와 나의 갇힌 과거를 묶어서 꾸며 보면 어떨까. 그래서 시도하게 되었습니다. (평론가 오광수는 「열린 풍경으로의 인간으로」라는 평문에서 작가가 인간상에 대한 접근을 좀 더 새로운 시각에서 하고 싶어서 선택한 이 인간상들은, "그러니까 어두운 상황의 반대 측면에 있는 밝은 상황에 대한 관심, 아니 작가의 희구의 표명이라고 할 수 있다"고 보았다.)

_ 1970~80년대 황 선생님은 누구보다 왕성하게 작품전을 열었고, 그때마다 변화된 작품세계를 선보여 왔는데도 화단의 주목을 받지 못하셨습니다. 그 이유가 화단의 유파 활동에 참여하지 않고 독자 노선을 걸어서인가요, 아니면 작품 경향이 남보다 앞서 갔기 때문인가요?

앞서가기보다 나의 세계에서 독자적 체험과 나만의 창의성을 고집하니까 대중에게서 멀어질 수밖에 없다고 생각합니다. 그리고 남의 이목을 의식하고 그린 적도 없으니까요.

_ 제가 알기로 황 선생님은 일찍이 국전 출품을 포기하고 그룹전도 앙가주망 초기에 참여한 것 외에는 거의 없었는데, 이에 대한 특별한 소신이 있었는지요? 또 하나는 홍대 미대를 졸업하고 화단에 데뷔한 초기에는 앵포르멜 같은 추상운동이 대세를 이루었는데, 이에 대한 영향을 어느 정도 받으셨는지요?

그 당시는 외국의 거센 미술사 영향을 받을 수밖에 없는 시대라고 생각되고, 한편으로는 제 나름의 표현을 갖췄다고 볼 수 없는 시기였지요. 오랜 세월이 지나면서 자기 그림 구축이 가능하다고 생각합니다. 모든 것이 미완성의 시기였다고 답할 수밖에 없군요.

_ 1980년대 한국 화단에도 민중미술운동이 일었습니다. 여기에 황 선생님은 참여하지 않은 것으로 아는데, 이에 대한 선생님의 견해를 말씀해 주시지요. 그리고 국립현대미술관에서 열린 《황용엽 : 인간의 길》전에 입체 형식으로 특별전시된 작품들은 선생님의 일관된 작업들과는 다른, 일종의 변종 같은 느낌이 드는데 어떻게 이 그림들이 세상에 나오게 되었는지요?

오랫동안 이어져 온 국전 중심의 흐름이 젊은 화가들에게 호응을 얻지 못했다고 생각합니다. 그런 의미에서 여러 형태의 현실참여 그룹 운동들이 생겼다고 봅니다. 그런데 민중미술 쪽에서는 참여하고 싶은 현실이라고 하더라도 표현 양식에서 좀 더 독창적인 차원이 부족했다는 생각이 듭니다. 볼셰비키 운동 시대에 스탈린이 정권 유지 차원에서 많은 예술가들을 동원했지요. 북한도 정권을 수립하면서 프로파간다 차원에서 걸개그림이나 선전 포스터 같은 것을 많이 이용했어요. 지금 생각하면 50년 전, 70년 전에 흘러간 것들이지요. 일찍이 공산주의를 체험한 나는 그런 것들에 흥미를 느낄 수 없었던 것이지요. 1982년에 액티브한 저항적 작품을 갖고 개인전을 열었습니다. 그 시대 군사정부 하에서 각 그림의 제목을 붙일 수 없어서 '인간전'이란 지속된 타이틀을 쓰게 된 것입니다. 이 전시는 신세계 갤러리에서 한 번 발표로 끝냈습니다. (황용엽은 1980년 파리에 머물면서 광주 유혈 사태를 현지 뉴스를 통해 생생하게 목격하고 이 같은 현실참여적인 작업을 했다고 자전에서 밝혔다.)

_ 황 선생님은 1989년 조선일보사가 제정한 제1회 이중섭미술상을 수상하셨습니다. 특히 이 상은 북에 고향을 두고 온 월남 화가들이 주축이 되어 추진한 상이어서 황 선생님에게 더욱 뜻 깊었다고 생각합니다. 당시 국제화랑에서 초대 개인전을 열고 있던 선생님에게 그 상의 주무를 맡았던 제가 직접 수상 소식을 전했는데, 그때의 소회를 다시 한 번 말씀해 주시지요.

생각지도 못했고 이런 상이 제정된 줄도 모르는 상태에서 수상 소식을 저에게 전해 주셨습니다. 국제화랑에서 초대 개인전을 하고 있던 중이었지요. 그림 그리면서 어떤 결과를 생각해 본 적이 없었으나 이 상을 받고 기뻤습니다. 저에게는 더없이 고마운 일이고, 또 무엇을 그릴 수 있을까 하는 생각을 일깨워 주었다는 점에서 더욱 의의가 컸다고 할 수 있지요. (그는 이후 동아일보에 기고한 자전에세이 '나의 길'에서 "이중섭미술상의 수상 소식을 듣는 순간 나는 눈물이 앞을 가리는 감정을 억누를 수가 없었다.

李仲燮美術賞

黃 用 燁

위 분은 朝鮮日報社가 제정한
李仲燮美術賞의
제 *1* 회 수상자로 선정되었기에
이 상장과 소정의 상금을 드립니다.
*1989*년 *12*월 *5*일
朝鮮日報社
方 又 榮

황용엽 선생은 1989년 조선일보사가
제정한 제1회 이중섭미술상 수상자로
선정되어 이 상장을 받고 수상 기념전도 가졌다.

나는 생애 처음 받은 이 상을 오직 어머니께 바치고 싶은 마음에서 내내 속으로
울었다"고 썼다.)

_ 저도 참관했습니다만 제1회 이중섭미술상 수상 기념 황용엽 작품전은 선생님 화가
인생에서 절정을 이뤘다고 해도 과언이 아닌데, 어떠셨는지요? 작품 수도 많았고 색채
도 밝아졌고 이야기도 풍부해진, 무르익은 원숙의 세계를 보였다는 평도 나왔지요.

여러분들로부터 많은 찬사를 받은 것은 사실입니다. (답변은 짧지만 이중
섭미술상 제1회 수상자 기념 작품전이어서 조선일보사가 전폭적으로 지원을 했
다. 전시회를 알리는 사고社告에도 "특히 이번 전시는 지난해 황 화백이 이중섭미
술상을 수상한 이후 1년 동안 의욕적으로 제작한 신작은 물론, 지금까지의 미공
개작 20여 점 등 모두 90여 점을 출품, 그의 작품세계와 그 변천 과정을 한눈에
보여주는 귀한 기회가 될 것"이라고 했다.)

예술인마을 자택 4층 화실의 화구와 도록들. 황용엽 선생은 요즘도 이곳에서 종일 작업하고 있다.

_ 이중섭미술상 수상 이후 북에 두고 온 가족과 편지 왕래가 이루어졌고, 소식도 들었다면서요. 그때의 상황을 말씀해 주시고, 그것이 선생님 작품에 미친 영향에 대해서도 말씀해 주시기 바랍니다.

전후 남한에 내려와 뿌리를 내리지 못한 상태에서 이북의 헤어진 가족들에게 뜬구름에 얹어서 날려 소식을 전할 수만 있다면…. 이런 것들이 망상이 되지 않기를 바랄 뿐입니다. (황용엽은 북의 가족들과 편지 왕래 이후 조선일보·경향신문 등과 가진 인터뷰에서 "마음이 홀가분해져 작품이 밝아졌다"고 밝혔다.)

_ 황 선생님은 지금도 매일 4층 화실로 출근해 종일 그림을 그리고 계시지요. 1990년 미술공론사에서 펴낸 『황용엽 작품집』에는 1950년대 말부터 1990년까지의 작품만 수록되었지요. 2008년 예술의 전당 대규모 개인전에서 그 이후의 작품들이 발표되었고, 이번 국립현대미술관 도록에도 2000년대 이후 작품이 몇 점 실렸지만 충분히 조명되지는 못했다고 봅니다. 이 시기의 작품들을 선생님은 어떻게 보시는지요?

작업 시간은 많은 편이고, 옛 것에서 벗어나 큰 틀로 묶어 보면 정리 차원에서 다음 그림으로 정리가 되지 않을까 합니다. 생각뿐이지요.

_ 제 개인적인 소견이지만 선생님은 〈인간〉 시리즈를 집중 발표한 전기가 너무 강한 반면 후기, 특히 2000년 이후 작품에 대한 평가가 제대로 이루어지지 않아 전체 균형 면에서 조화를 이루지 못한 측면이 없지 않습니다. 시작은 어려웠지만 결과는 창대해졌다는 느낌은 없으신지요?

작업을 하면서 누구에게나 굴곡이 있다고 생각합니다. 때로는 침체되고, 또 벗어나려고 하면 수렁에 빠지게 되는 때도 있게 마련이지요. 이런 반복이 변화의 계기가 될 때도 있고요. 최근 고심하면서 좀 더 진취적인 나의 모습은 어떤 것인지를 추구하는데 가늠하기가 어렵네요. 옛 것과 현재의 생각을 묶을 수 있다면 마무리 작업이 되지 않을까 생각합니다. 고심이 많은 것도 사실이고요.

_ 선생님은 화가가 되기 위해 평생 그림을 그렸다고 하셨습니다. 평범한 말 같지만 쉽게 오를 수 없는 경지가 느껴집니다. 외람되지만 황 선생님이 다른 작가와 다른 점은 무엇이라고 생각하십니까?

태생을 상실한 난민의 한 사람으로서, 삶의 흔적을 기록할 수 있다면 후배들에게 귀감이 될 수도 있지 않을까 생각합니다.

_ 황 선생님은 평양에서 태어나 사선을 넘어 월남, 국군에 입대해 총상을 입고 상이군인으로 제대하셨습니다. 생존을 위해 장사도 하고 초상화 그리는 일도 했는데 그 시절 무엇이 가장 힘들었습니까?

내일을 예측할 수 없다는 것입니다. 오늘 여기 생존하고 있었을 뿐이니까요. 군에서 저녁 점호 시간에 생존을 확인할 따름이지요. 태양이 뜨면 가늠하기 어려운 희망과 절망의 혼돈의 연속이었습니다. 이 같은 낯선 사회에서도 생존을 위한 절규, 그리고 현실에 적응하기 힘들었던 일들, 이런 것들이 나의 삶의 밑거름이 된 거지요.

_ 선생님의 역경 속의 삶은 선생님 작품에 지대한 영향을 미쳤습니다. 선생님만의 포름과 색채로 '인간'이 나오는데 가장 결정적인 계기가 된 비극적인 사례들을 구체적으로 말씀해 주시지요.

평양에서 3일간 지하에 갇혀 어두운 세계, 속박된 세계를 겪어야 했어요. 내일이 없었지요. 며칠을 굶어도 배가 고프지 않았어요. 물, 물, 물….

인간 생존의 기본인 물의 고마움을 그때 알게 됐지요. 인권의 절규를 알게 되었고요. 상이군인으로서 학교에 다니면서 아르바이트를 했습니다. 그런데 전선 바운더리를 잘못 월경하여 미군 몽키하우스에서 1주일간 갇혀 있었습니다. 가난한 나라의 백성이 겪어야 했던 밑바닥 인생의 인권과 절규, 이 모든 것들이 제 삶의 밑거름이 되어 생의 가치를 남보다 강하게 간직하게 되었다고 생각합니다.

_ 황 선생님은 평양미술대학을 다니다가 월남해 고생 끝에 홍익대 미대 서양화과를 졸업하셨습니다. 북과 남, 두 미술대학의 차이점은 무엇인지 미술교육, 교수진, 학풍 등을 비교해 주시지요.

이북의 교육은 정치적 학습이 우선입니다. 표현의 자유라든가, 자기 개인의 생각은 용납이 안 됩니다. 남한의 교육은 개인의 존엄, 생각의 자유가 있어요. 얼마나 소중한 것입니까. 교육의 기본 개념이 다르지요. 큰 틀이 다른 겁니다.

_ 황 선생님은 홍대 미대 졸업생 중 가장 원로이신데 숫자도 많고 영향력도 큰 홍대 미대의 장점이 무엇이라고 생각하시는지요. 그리고 혹여 그 많은 유파와 계파에 소속하지 않아 불이익을 당한 점은 없으신지요?

창작의 원동력은 개인의 생각이 우선입니다. 그런 점에서 홍대 출신의 선배 입장에서 보면 홍대의 미술교육은 개개인이 자기 역량을 발휘할 수 있고, 고정된 틀에서 벗어나 개성의 존중을 키워 준 교수진이 훌륭했다고 봐요. 선후배의 돈독한 우의도 장점이라고 생각합니다.

_ 황 선생님은 생활력이 매우 강하셨습니다. 미술교사도 하셨고 미술학원과 화실도 운

영하시면서 자녀들을 키우셨습니다. 그리고 월남한 예술가로는 일찍이 사당동 예술인마을에 정착하셨습니다. 지금은 누구 못지않은 화실과 수장고도 가지고 계십니다. 그 요체가 무엇인지요?

화가의 요람은 화실 공간이 절대적이지요. 나의 시간, 나의 공간, 나의 가족, 열심히 사는 것뿐입니다. (이북에서 내려와 정처가 없던 황용엽은 예술인마을에 정착하면서 안정을 찾았고, 이후 미술학원과 화실을 운영하기도 했지만 모든 것이 전업 작가로 생활할 수 있는 환경 조성과 기반 구축에 맞춰져 있었다.)

_ 요즘 이산가족 상봉 문제가 다시 대두되고 있습니다. 선생님도 북에 누이와 형수, 남동생을 두고 오셨는데, 보고 싶은 생각은 없으신지요? 북한 체제에 대한 생각에 변화가 있으신지요?

제 생각만으로 가족 상봉이 이루어지는 상황이 아니기 때문에 마음으로 생각할 뿐이지요.

_ 80대 중반에서 돌이켜보면 선생님의 인생 역정은 어떠셨습니까? 후회나 회한은 없으신지요?

언제나 내일을 생각하고, 지나간 일에 머물러 있으면 안 된다고 생각합니다.

_ 황 선생님의 지금 소망은 무엇인가요?

오늘의 가치가 내일의 보람이라고 생각됩니다. 제 그림이 각인되어 기억해 주시면 좋겠다는 바람이지요.

인터뷰 후 〈황용엽 : 인간의 길〉전이 열리고 있는 과천 국립현대미술관을 찾은 황용엽 선생과 필자.

_ 앞으로의 계획을 말씀해 주시기 바랍니다.

미루어 왔던 작업을 정리하는 일이 남아 있네요. (황 선생님은 국립현대미술관 회고전이 마무리되면 먼저 화실부터 정리할 계획이라고 밝혔다. 책장을 구입해 화실에 어수선하게 놓여 있는 책부터 정리한 후, 창고에 넣어 둔 옛 작품을 꺼내 손을 보며 새 작품에도 응용해 보겠다는 구상이다. 그렇게 하는데 한 3년은 걸릴 것이라고 했다.)

2015년 9월 23일
남현동 화실에서

1950~1960년대 작품

1950년대 : 외국 사조에 영향을 받은 모색기

1960년대 : 인물이 삼각형 형태로 단순화되다

여인 A woman
1959, 65.5x80cm, 캔버스에 유화

1950년대 작품으로 유일하게 남아 있는 인물화다.
당시 유행하던 앵포르멜의 영향을 받아 여인을
데포르마숑(변형)했으며, 표현이 강렬하다.

모녀 Mother and Daughter
1960, 114x145.5cm, 캔버스에 유화

청년 화가 황용엽의 열정기 작품으로 자기 포름은
나오지 않은 모색기의 작품이나 인물 변형이
대담하고 색채가 강렬하다.

소녀와 소년 Girl and Boy
1960, 60x65.5cm, 캔버스에 유화

소녀의 얼굴이 삼각형 형태로 단순화되기
시작했음을 보여주는 작품이다. 황용엽이 창안한
'인간' 캐릭터의 원천이 된 인물화이다.

가족 Family
1961, 151x119cm, 캔버스에 유화

이때부터 황용엽은 북에 두고 온 어머니, 누이, 남동생을
소재로 가족도를 그렸다. 외국 사조의 영향을 받은 시기의
작품이지만 조형성에 중점을 두었다.

두 소녀 Two Girl
1964, 53x65.5cm, 캔버스에 유화

황용엽 회화에 선이 나오기 시작한 첫 작품이다.
선들은 인간을 얽매고 속박하는 기제로 등장했지만
조형적 요소가 강하다고 작가는 밝혔다.

마른 소년 Skinny Boy
1965, 53x45.5cm, 캔버스에 유화

황용엽의 유년 시절 자화상 같은 작품이다.
국립현대미술관 회고전에도 선보였던
표현주의 경향의 인물화다.

두 여인 Two Women
1965, 90.5×162cm, 캔버스에 유화

자신의 포름이 나오기 바로 전의 모색기 작품이다.
당시 국전을 중심으로 인물화·정물화가 대세이던
시대에 이 같은 인물 변형은 파격이었다.

황용엽

그는 누구인가

절망의 늪을 헤치고
희망의 고지에 오른 입지전적 작가

　　2015년 7월 24일, 국립현대미술관 과천관에서는 화가 황용엽의 예술세계를 조망하는 《황용엽 : 인간의 길》전의 개막식이 열렸다. 밖에는 여름 장맛비가 세차게 내렸지만 식장에는 화가들과 친지들, 가족들, 제자들이 노화가의 전시회를 축하해 주기 위해 모였다.

　　국립현대미술관이 현대미술작가 시리즈로 기획한 《황용엽 : 인간의 길》전에는 황용엽의 1950년대 유일한 작품 〈여인〉(1959년 작)을 비롯해 2015년 작품까지 90여 점의 유화와 스케치들이 시기별·경향별로 전시되었다. 평균수명이 길어졌다고 해도 우리 나이로 86세, 만 84세의 화가가 국립미술관의 초대를 받아 회고 형식의 대규모 전시와 도록 발간에 개막 파티까지 가진다는 것은 화가로서 최고의 영예가 아닐 수 없다.

　　축사에 이어 마지막 순서로 이날의 주인공인 황용엽 화가가 단상에 올랐다. 평상복에 담담한 표정이었지만 인사말을 하는 노화가의 목소리에는 진한 감회가 서려 있었다.

"나는 남들처럼 아름다운 그림을 그리지 못했습니다. 살아온 삶이 다르다고 생각했습니다. 왜정 시대에 소학교를 다니면서 혹독한 교육을 받았어요. 선생님이 몽둥이를 들고 엄격하게 다뤘습니다. 학교가 무서워 동네에서 놀다가 집에 간 적도 있었어요. 해방이 되어 김일성 치하의 공산사회에서 또 혹독하고 틀에 박힌 이념교육을 받았습니다. 6·25 전쟁 당시에는 서로가 총부리를 겨누고 살상하는 상황에 직면했고, 길에서 사람을 잡아 죽이는 끔찍한 장면을 목격하기도 했습니다. 기독교 집안이라서 이북에서 어려움을 겪었고, 인민군대에 안 가려고 몇 달이나 도망 다니며 죽을 고비를 넘기기도 했습니다. 유엔군이 후퇴할 때 월남했지만 갈 곳이 없었지요. 기거할 데가 없어 군대에 들어가 총상을 입고 상이군인이 되었습니다. 7급 상해 장애인으로 국가로부터 월 50만 2천 원을 받고 있어요. 이런 것들이 제 삶에서 떠난 적이 없습니다. 제 삶에 박힌 이런 체험들을 일기를 쓰듯 기록해 온 것이지요. 어쩔 수 없는 현실 속에서 글로 쓰지 못하고, 말로 표현하지 못한 일들, 도무지 설명이 되지 않는 상황과 생각들을 형상화하는 작업을 평생 해온 것입니다."

서양화가 황용엽이 이 자리에 서기까지의 인생 역정은 한국 현대사의 굴곡만큼이나 가파르고 음영陰影이 짙었다. 일제강점기에 태어나 초등교육을 받은 그는 해방이 되자 이번에는 공산체제의 통제와 억압을 받아야 했다. 화가의 길을 걷기 위해 평양미술대학에 다니던 그는 6·25전쟁이 발발하자, 자유를 찾아 월남했다. 국군에 입대하여 동족끼리 총부리를 겨눠야 했던 참혹한 상황에서 그는 한쪽 다리에 총상을 입고 상이군인이 되어 제대했다. 세상에 나오기는 했지만 정처가 없었고 기댈 언덕이 없었으며 뿌리 내릴 근거조차 없었다. 갖은 고생과 좌절 끝에 홍익대 미대에 편입해 미군 초상화 그려 주는 아르바이트로 대학을 마치고 사회에 뛰어

황용엽 선생 화실의 손때 묻은 화구들. 그의 삶은 오직 그림 그리는 모드에 맞춰져 그는 평생 이 화구들과 함께 창작에 전념해 왔다.

들었지만 화가의 길은 순탄치 않았다.

고등학교 미술교사로 출발하여 가정을 꾸리고 아이를 낳자 황용엽은 미술학원도 하고 미대 입시생들을 위한 화실도 운영했지만, 그의 목표는 단 하나였다. 전업專業 화가가 되는 것이었다.

그의 꿈은 1978년에 이루어졌다. 11년간 재직하던 숙명여고를 나와 이듬해 말에 유럽 미술기행을 다녀와 지금까지 30여 년을 오로지 그림만 그리는 전업 작가 생활을 해온 것이다.

그의 삶은 사회에 첫발을 내디디면서부터 오직 하나의 모드에 맞추어졌다. 어떠한 환경, 어떠한 상황이 닥치더라도 '그리는 일'에 우선을 두는

라이프 사이클을 만든 것이다.

경제적 문제도 학원과 화실 등 화업畵業과 연관된 방향으로 풀어 나갔다. 미술교사를 한 것도 궁극적으로는 그림 그리는 환경으로 가장 나았기 때문이었다. 일을 해서 돈을 벌되, 그림을 그릴 수 있는 일만 찾아서 한 것이다.

그가 1965년에 첫 개인전을 열 수 있었던 것은 1964년 퇴계로에 삼청미술연구소를 열었기에 가능했다. 저녁부터 밤까지는 수강생들을 지도하고 낮에는 자신의 그림을 그릴 수 있었던 것이다.

황용엽은 1970년대에 2회부터 8회까지 일곱 번의 개인전을 열었다. 1973년부터 1978년까지는 매년 같은 시기에 한국문화예술진흥원 미술회관에서 개인전을 가졌다. 1970년대만 해도 전시회가 흔치 않던 시절, 그는 화가가 평생 할 만한 발표회를 이 시기에 쉼 없이 지속하는 저력을 보였다.

그가 1970년대에 이처럼 왕성한 작품 활동을 할 수 있었던 배경에는 여러 요인이 있겠지만, 필자는 1969년 사당동(지금은 남현동) 예술인마을에 그가 정착할 수 있었기 때문이라고 본다.

평양에서 사선을 뚫고 월남한 그는 안주할 터전이 없었다. 초상화 그려 모은 돈으로 서울에 집 한 채 사려다 화폐개혁이 되는 바람에 물거품이 되고 말았던 그에게 가장 절실한 문제는 그림 그릴 수 있는 공간을 갖는 것이었다. 인천고등학교에서 미술교사를 하다가 서울로 올라와 보성여고에 재직할 때도 자취와 하숙을 해야 했다. 거처를 자주 옮기다 보니 어렵게 작업한 초기 작품들을 보관하지 못하는 바람에 유실돼 버렸다. 화가가 분신과도 같은 작품을 잃는 것은 가슴 아픈 일이다. 황용엽은 자전自傳에서 "〈인간〉 이전의 초창기 작품 유실이 아쉽다"고 여러 차례 토로하고 있다.

결혼 후에도 단칸방에서 아이를 키워야 했던 황용엽에게 내집 마련은 필수였다. 그런데 1969년 사당동 예술인마을이 조성되면서 살림도 하고 그림도 그릴 수 있는, 작지만 아담한 20평 국민주택을 갖게 된 것이다. 월남한 지 18년 만에, 홍익대 미대를 졸업한 지 12년 만에 자신의 보금자리를 마련한 것이니 피란민으로서는 빠른 셈이다.

더욱이 1967년 숙명여고 미술교사로 부임해 커다란 교실을 화실로 쓰게 되면서 그의 작업에 가속도가 붙기 시작했다. 주거할 집이 있고, 그림 그릴 수 있는 화실이 생겼으니 화가로서는 더할 나위 없는 환경이 조성된 것이다.

전쟁의 비극을 〈인간〉 연작으로 형상화

황용엽은 1970년대 내내 〈인간人間〉을 그렸다. 그는 첫 번째 작가노트에 〈인간〉이라는 일관된 주제 속에(《공간》 1981년 3월호) "실존적 인간 상황을 조형의 차원에서 화면을 꾸며 보려고 한다"고 밝혔다. "그렇기 때문에 내가 그리고 있는 인간은 이상하게 왜곡된 형태의 모습들이 나타나는 것 같다"고 했다.

그는 이런 형태의 모습들은 "우리 세대가 다 함께 체험한 전쟁의 비극에서 더욱 나의 내면세계를 짙게 절규하는 모습으로 변모했는지도 모르겠다"고 했다. 또 "이러한 절규가 때로는 메마르고 왜소하고 가냘프고 일그러진 사람의 모습으로 나타나게 된 것 같다"고 밝혔다.

황용엽은 1988년 개인전 도록에 실은 작가노트에 "그림은 내 삶의 증언", 1990년 미술공론사가 출간한 『황용엽 작품집』에 실은 작가노트에서는 "인간의 한계상황을 형상화"라는 제목을 붙였다.

이를 간추리면 황용엽의 〈인간〉은 전쟁의 비극적 체험을 형상화한 것이고, 그중에서도 가장 고통스러운 인간의 한계상황을 형상화했다는 것이다.

사실 '한계상황'이란 어려운 용어이다. 철학사전에서 한계상황限界狀況, Grenzsituation이란 야스퍼스의 실존주의 용어로, 고뇌·죄악·죽음·투쟁·생존의 의혹 등에 부딪히는 사태가 발생하는 상황을 뜻한다. 시사상식사전에는 출생·우연·죽음·고통·다툼·책망 등 인간이 변화시킬 수도, 피할 수도 없는 상황을 가리킨다. 간호학 사전에는 암 말기 환자 등 죽음에 처한 환자의 상태를 한계상황이라 하고 있다. 실존적 의미보다는 죽음·고통·죄악·투쟁·생존 등 용어에 치중하다 보니 황용엽의 〈인간〉은 매우 비극적이고 고통스런 의미로만 규정지어진 것도 사실이다.

미술평론가들도 "가열苛烈한 체험, 극한 속의 인간"(김인환), "한계상황 속에 묶인 우울한 인간상"(김종근), "가시 박힌 영혼의 노래"(서성록) 등 어두운 면을 조명해 왔다.

평론가 오광수도 1979년 동산방화랑에서 가진 제9회 개인전 도록에 실은 「선묘線描의 주술」에서 황용엽의 인간 형상을 '곡예사' 같다고 표현했다.

> 황용엽 씨의 화면에 떠오르는 인간군人間群은 마치 아슬아슬한 줄타기의 곡예사 같은 긴장한 순간순간에 태어나고 있는 것같이 보인다. 마치 거미가 스스로 줄을 뽑아 자신을 에워싸게 하는 것처럼, 화면의 인간들도 스스로가 짜내는 무수한 줄들에 의해 자신들을 가두고 얽매고 있는 것이다. 바로 그러한 유희가 영락없이 곡예사의 모습을 연상시킨다.

평단은 물론 미디어에서도 화가 황용엽은 왜곡되고 일그러진 인간의 형상을 그리는 작가로 이미지가 고착되어 버렸다. 게다가 황용엽은 어느 유파에도 속하지 않은 재야 화가로 화단에서도 소외된 존재로 인식되었다.

화가 인생의 일대 전환기 맞다

그러나 황용엽은 1989년 조선일보사가 제정한 '이중섭미술상'의 제1회 수상자로 선정되면서 화가 인생에 일대 전환기를 맞는다. 월남한 실향민으로 자신의 삶의 체험을 바탕으로 여기에 자기만의 조형언어로 〈인간〉을 형상화한 창의성을 인정받았을 뿐 아니라 오로지 화업에만 정진해 온 작가의 표상으로 떠오른 것이다.

1990년 조선일보미술관에서 열린 수상작품전에서 그는 그동안 작업했던 대형 작품과 수상 이후 그린 신작까지 큰 규모로 작품을 발표, 자신의 작품세계를 유감없이 보여주었다.

그로부터 15년 넘게 황용엽은 안정된 환경에서 어떤 구속도 받지 않고 마음껏 작업을 해왔다. 작품 경향도 어두운 '인간'에서 밝은 '세상 풍경'으로 변모했다. 작품 속에 '인간'이 떠난 본 적은 없으나 과거의 한계상황 속 인간이 아니라 한 편의 드라마 같은 세상 풍경을 연출해 가고 있다.

평론가 오광수는 일찍이 이런 변화를 감지하고 1990년 발간된 대형 화집 『황용엽』에 「닫힌 상황 속의 인간에서 열린 풍경으로의 인간으로」라는 평론을 실었다.

1991년 해외 친지를 통해 북한의 가족 소식을 들은 황용엽은 더욱 밝아진 색채로 가족과 향수 등 인간적 주제들을 다양하게 표현하고 있다. 북한의 누님이 보낸 편지를 통해 어머니의 작고를 알고 슬픔에 젖기도 했지만 누님과 형수, 남동생이 생존해 있다는 소식은 그에게 활력을 불어넣어 그림에도 생의 희열이 배어 나오고 있다.

2008년 예술의 전당 한가람미술관에서 대규모 회고전을 가졌던 황용엽은 2015년 국립현대미술관에서 생애 최고의《황용엽 : 인간의 길》전을 가짐으로써 '가장 행복한 화가'가 되었다. 30대 후반에 자신의 둥지를 튼 그는 예술인마을의 집을 미술관 용도로 신축해 그중 4층을 대형 화실 겸 수장고로 쓰고 있다. 지금도 매일 화실에 나가 종일 서서 그림을 그리는 황용엽은 작가의 생명인 작품을 누구보다 많이 소장하고 있고, 무엇보다 자신만의 포름(조형언어, 형상)를 구축했다는 자부심을 지닌 '화가'로서의 완벽한 위상을 갖추고 있다고 해도 지나친 표현이 아니다.

그런데 세상은 화가 황용엽의 반쪽만을 보고 있다. 평론가들도 전체를 아우르기보다는 1970년대 〈인간〉 연작 즈음에서 비평을 멈추고 있다. 황용엽의 그림이 '한계상황의 인간'에서 출발하고 그것으로 자신의 포름을 형성한 것은 맞지만, 그는 실향민 화가로서 누구보다 먼저 작업 공간을 확보하고 그림 그리는 일에만 매진함으로써 고통의 늪에서 벗어나 밝은 세상 풍경을 펼치는 희망의 고지에 오른 것이다. 성경 말씀처럼 그의 화가 인생은 시작은 미미하였으나 끝은 창대하다고 할 만하다. 따라서 황용엽은 행복한 화가다.

화가에게 가장 중요한 것은 무엇을 어떻게 그리느냐이다. 황용엽은 인간을 주제로 택해 자신만의 포름으로 형상화했으니 화가로서의 높은 경지에 오른 것이다.

황용엽은 1979년 『화랑』지에 실린 '나의 신작'에서 자신이 무엇을 어떻게 그리려 했는지 분명히 밝히고 있다. "나 자신의 행위와 현대의 실존으로서의 모습"을 그리려다 보니 "왜소하고 가냘프고 일그러진 사람의 모습으로 나타나게 되었다"는 것이다. 그는 또 "그림은 그 시대의 새로운 표현이어야 한다"며 "사람의 모습도 멋없이 벗겨지고 일그러지고 비틀거리는 모습들로 화면에 나타나게 된다"고 했다.

황용엽의 그림은 체험한 만큼 그린다는 말대로 화가 자신이 겪은 절박하고 극한 상황 속의 인간을 주제로 삼았지만, 그것을 회화적으로 승화시켜 자신만의 독창적 형상을 구축했다는 점에서 높이 평가해도 좋은 우리 시대의 작가이다. 화가 황용엽의 부분이 아닌 전체를 재조명하는 이유가 여기에 있다.

1970년대 작품

〈인간〉에 몰두하던 시대

인간 Human
1973, 145x131cm, 캔버스에 유화

평양에서 남하하려다가 길에서 공안에게 잡혀
시민들과 건물 지하실에 갇혔던 상황을 떠올리며 조형화한
작품이다. 벽돌도 있고 낙서 같은 기호들도 보인다.

인간 Human
1973, 112x145.5cm, 캔버스에 유화

'한계상황'을 다룬 같은 주제의 작품으로,
갇힌 상태의 인간을 통해 인권의 속박,
자유의 제약 등을 형상화하고 있다.

인간 Human
1973, 97x130cm, 캔버스에 유화

같은 주제를 청색으로 변형한 작품이다.
창문과 계단 등을 선으로 형상화,
한계상황의 〈인간〉 연작을 본격화하고 있다.

인간 Human
1974, 90.5x116.5cm, 캔버스에 유화

지하에 갇혔을 때의 압박감을 청색으로
이미지화한 작품이다. 사면의 틀 속에 갇힌
인간 형상이 차가운 느낌을 준다.

인간 Human
1974, 38×46cm, 캔버스에 유화

색채를 빼고 선도 단순화한 새로운 조형을
시도하던 시기의 작품이다. 이때부터 기하학적 사람의
형태, 즉 '황용엽 포름'이 나오기 시작했다.

인간 Human
1974, 53x63.1cm, 캔버스에 유화

2015년 발간한 황용엽 자전 『삶을 그리다』의
표지화로 사용한 작품이다. 색도 형태도
단순화해 3회 개인전에서 화단의 주목을 받았다.

인간 Human
1975, 38×45.5cm, 캔버스에 유화

떡살의 전통 문양을 장식으로 사용한 〈인간〉 연작이다.
1975년 제5회 개인전에는 이처럼 전통 문양을
인간 캐릭터와 접목시킨 작품들을 다수 발표했다.

인간 Human
1975, 53×65.5cm, 캔버스에 유화

명료한 선이 돋보이는 작품이다. 색을 제거한
무채색의 드라이한 화면에 선으로 처리한 인간
형상이 판화 같은 인상을 주기도 한다.

인간 Human
1975, 32x41cm **캔버스에 유화**

1975년 제4회 개인전 출품작으로 직선과 달리 곡선이 주는
형태미가 색다른 분위를 연출하고 있다. 한때 도자기 회사에서
일한 작가는 전통 도자의 문양을 작품에 응용하기도 했다.

인간 Human
1976, 130x162cm, 캔버스에 유화

황색 계열의 작품으로 삼성미술관 리움 소장품이라고
작가는 밝혔다. 이 시기의 〈인간〉 연작들은 서커스에서
줄타기하는 곡예사의 형상을 보이고 있다.

인간 Human

1977, 72.5x90.5cm, 캔버스에 유화

부처상의 후광을 밝히는 광배를 〈인간〉에 도입해 본
작품이다. 아크릴 물감이 나오기 전이어서 밑바탕은
먹으로 그리고 그 위에 유화 물감을 바른 것이다.

인간 Human

1978, 38×46cm, 캔버스에 유화

이때부터 인물을 표현하면서 눈도 그려 넣는 등 그로테스크한
작품을 시도했다. 어떻게 하면 인간을 더 구체화하면서
변형시킬까를 고민한 과도기의 실험작이다.

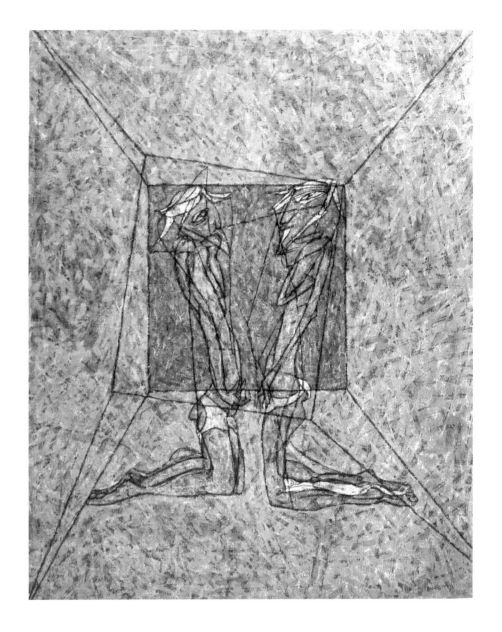

인간 Human
1978, 72.5x90.5cm, 캔버스에 유화

무릎을 꿇고 마주 앉은 두 인물이 대화하는 모습을
형상화한 작품으로, 조형이나 색채 구사가 뛰어나다.
황용엽이 고민 끝에 내놓은 인간 포름이다.

인간 Human
1979, 130×162cm, 캔버스에 유화

1980년 파리에 가져가 화상들에게 보여주었던
작품의 하나다. 황용엽이 추구한 독창적인 인물
표현이 돋보이는 작품으로, 당시 우리 화단에서는
이처럼 과감한 조형을 찾아보기 어려웠다.

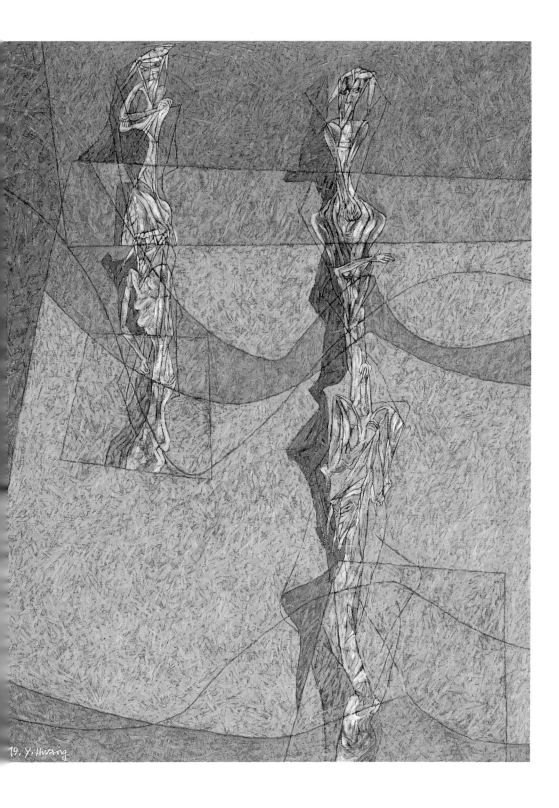

19. Y. Hwang

인간 Human
1979, 130x162cm, 캔버스에 유화

청회색을 주조로 한 다채로운 선묘의 〈인간〉
연작 중 하나다. 뭔가 삶의 이야기가 드러나기
시작하고 있다.

황용엽의 작품세계

예술로 승화한 비극적 경험

　　황용엽의 작품은 언제나 앞부분이 조명되었다. '앞'이란 필자
가 임의로 구분한 1970년부터 1987년 중반까지를 말한다. 이 시기는 작가
가 노트에서 밝혔듯이 '한계상황과 인간', 다시 말해 작가가 체험한 비극적
경험이 '인간'이란 황용엽의 포름으로 형성되어 그를 '인간 작가'로 각인시
킨 전기前期이다.

　황용엽은 이때까지 개인전을 11회 열었는데 주제도 '인간'이었고, 작품
제목도 〈인간〉이었다. 개인전 명칭도 〈인간전〉이었다. 이 전기가 작품 내
용이나 형식에서 너무 강렬하다 보니 평론가들도 이 부분을 집중 조명하는
것이 당연했다.

　"비극적 경험이 예술의 유일한 원천이다."

　마크 로스코Mark Rothko 전시장에서 본 이 문구가 황용엽에도 적용되지만
황용엽의 작품세계에 비극만 들어 있는 것은 아니다. 1987년 이후 후기後期
작품들은 희극적이기까지는 아니지만 세상 사는 즐거움과 한국적 정서가
한 편의 드라마처럼 펼쳐지기 때문이다. 황용엽의 작품을 비극의 잣대로만
보아서는 안 되는 이유가 여기에 있다.

1990년 미술공론사가 펴낸 화집 『황용엽』은 도판 인쇄도 양호하고 작가의 글, 평론가들의 평론도 시기별로 적절하게 배치되어 화가 황용엽을 이해하는 데 더없이 훌륭한 텍스트이다. 모든 글과 작품 제목이 영문으로도 돼 있어 외국에 소개해도 손색이 없는 화집이다.

그런데 1990년까지라는 한계가 있다. 그로부터 25년 후 황용엽은 국립현대미술관 초대로 〈인간의 길〉전을 열었다. 그 25년 동안 황용엽은 쉼 없이 작업했고 10회의 개인전을 가졌다. 이 기간이 포함된 화집이 새로 나와야겠지만, 이 화집에 후기의 단초들이 수록되어 있는 만큼 텍스트로서의 가치가 있다.

400여 페이지에 달하는 이 화집에서 63페이지부터 237페이지까지는 작품의 명제가 〈인간Human〉이다. 1970~1987년에 그린 작품들이다. 그런데 238페이지부터 작품 〈인간〉이 아닌 제목들이 붙여지기 시작한다. 첫 번째 등장한 제목은 〈무녀巫女·Shaman〉(1987년 작, 캔버스에 유채, 53x63cm)이다. 이어 〈무녀의 대화〉, 〈무녀의 비밀〉, 〈무녀여 침묵하라〉로 이어진다.

이 시기에도 〈대화가 없는 구도〉, 〈진혼곡 이미지〉 등 어두운 제목의 작품이 있기는 하지만 1988년에 접어들면 〈환상유희〉, 〈가족〉, 〈고향 가는 길〉 등 서정적인 제목들이 나타난다.

전기 작품들과는 구도나 색채가 다르다. 전기의 〈인간〉 연작들은 선묘線描의 변주가 많고 색조도 다소 어두운 편이었으나, 후기로 들어서면 화면에 자연과 세상 풍경이 등장하고 색채도 우리 고유의 오방색이 들어와 훨씬 밝고 명랑하다.

이 후기의 변화를 집대성한 전시회가 1989년 국제화랑에서 가진 제14회 개인전이다. 이전까지의 황용엽 작품은 어딘가 낯설고 어렵다고 여기던 콜렉터들도 밝은 세상 풍경이 들어선 신작에 관심을 가지기 시작했다.

황용엽 선생은 1988년 미국 LA 컨벤션센터에서 열린 LA아트페어에 로이드신 갤러리 작가로 독립 부스를 열었다. 사진은 그 당시 포스터.

국제화랑 초대전 직전에 미국 시카고의 로이드신 갤러리에서 제13회 개인전을 가졌던 황용엽은 출품작들을 뉴욕에 가지고 가서 다 팔았다고 자서전에서 밝혔다. 그때 다 팔린 작품들이 1987년 후기로 진입해 무속과 전통 문양을 활용해 색채가 화사해지고 이야기story도 풍부해진 작품들이다.

게다가 그 무렵 국제화랑 개인전 전시 기간에 조선일보가 제정한 이중섭미술상의 제1회 수상자로 선정되는 기쁨을 누리기도 했다. 만약 작가가 전기의 〈인간〉만 계속했다면 이 상을 수상할 수 있었을까? 황용엽은 '인간'이라는 주제를 지켜 나가면서도 이처럼 끊임없는 변화를 추구해 자신의 세계를 풍부하게 만든 화가이며, 그것이 바로 이 화가의 장점이다.

오광수를 비롯한 평론가들은 황용엽의 이 같은 변화를 감지하고 1990년에 펴낸 화집에서 「닫힌 상황 속의 인간에서 열린 풍경으로의 인간으로」라는 평론을 썼다. 전기와 후기를 구분 짓는 적절한 제목이 아닌가 생각된다. 평론가들의 눈도 정확하겠지만 이 같은 변화를 가장 명료하게 해설해 줄 수 있는 당사자는 다름 아닌 작가 자신이다.

황용엽은 1985년 중앙일보가 주최한 '한국 양화 70년전'에 출품하고 도록에 실린 작가노트에서 다음과 같이 자신의 변화를 말하고 있다.

> "그림은 곧 화가의 삶의 증언이라고 믿는 나는 나의 지난날의 삶에 비추어 도저히 밝고 기름진 인간의 모습을 제시할 수가 없었다. 그러나 세월의 흐름은 나도 모르는 사이에 나의 의식에 변화를 가져다주었다. 극한 속에서 인간 존재의 의미를 찾는 인간의 모습에 초점을 모았던 나는 또 다른 실험의 길로 들어섰다. 화폭의 중심에 자리 잡았던 인간상을 화면에 흡수시키고 내 나름대로 장식적인 효과를 자아내는 색채를 찾아 조형미를 표출하고자 의도하게 된 것이다. 토속적인 민화, 도자기, 기와 무늬, 떡살 무늬, 장롱 장식 등 한국적인 원형미에서 단순화의 비밀을 캐내고자 심혈을 기울였다."

필자는 후기 작품에 애정이 더 간다. 임의로 몇 작품을 꼽자면 〈가족〉(1989년 작, 캔버스에 유채, 130x162cm), 〈마을로 가는 길〉(1989년 작, 캔버스에 유채, 130x89.5cm), 〈꾸민 이야기〉(1990년 작, 캔버스에 유채, 194x130cm) 등이다. 이 밖에도 애정이 가는 그림 제목으로 〈너는 누구인가〉, 〈연극 하는 여인들〉, 〈고향 가는 길〉, 〈혼을 부르는 사람들〉, 〈삶 이야기〉, 〈어느 날〉 등을 꼽을 수 있다.

자연과 세상이 어우러진 한 편의 드라마
황용엽은 명상에 잠길 때 떠오르는 단상들을 화제로 지어 놓았다가 완성된 작품에 붙인다고 했다. 그가 붙인 제목들은 거의가 북에 두고 온 고향과 마을길, 가족과 어느 날이다. 연극기자를 했던 필자는 황용엽이 붙인 '연극', '이야기'라는 제목과 작품들을 보며 화가 황용엽은 연극 연출자 같다는 생각을 해보았다.

연극은 가장 '인생의 모습을 닮은 예술'이라고 했듯이 황용엽의 작품들에는 사람과 자연과 세상이 어우러져 한 편의 드라마를 연출해 내고 있다. 화면에서의 주인공은 사람(인간)이다. 전기에는 주로 자기 자신이 주인공인 모노 드라마(1인극)가 많았지만 후기에는 가족 등 군상이 등장하고 자연이 곁들여져 총체극이 주류를 이룬다. 아마도 필자가 보기에는 북에 두고 온 어머니와 누이와 남동생, 가끔은 형수가 주요 배역으로 등장하는 것이 아닐까 추측된다.

희곡은 황용엽이 직접 쓰는데 큰 주제는 '인간'을 벗어나 본 적이 없다. 전기에는 '한계상황 속의 인간'을 주로 등장시켰으나 후기에는 우리들 삶의 이야기를 다양하게 펼치고 있다. 몇 작품을 감상해 보자.

〈벽에 그린 내 가족〉(1989년 작, 캔버스에 유채, 130x162cm)은 제목 그대로 북에 두고 온 가족, 어머니와 누이와 남동생이 아닐까. 양산을 받쳐 쓰고 어딘가 가는 것 같은 이 그림에는 향수가 묻어난다.

〈연극 하는 연인들〉(1989년 작, 캔버스에 유채, 145x112cm)은 한 쌍의 남녀가 나란히 앉아 무언가 연기를 하는 모습을 액자틀 속에 배치하고 오른쪽에는 양산을 쓴 여인이 이를 지켜보는 모습을 그려 넣었다. 이 시기 화면에 자주 나오는 양산 쓴 인물은 아마도 북에 두고 온 어머니 또는 누이가 아닐까. 아니면 인물에 성이 없다고 가정하면 작가 자신일 수도 있다.

〈가족〉(1989년 작, 캔버스에 유채, 130x162cm)은 산이 있는 풍경을 배경으로 화려하게 치장한 여인과 부채를 든 연인, 그리고 남자 등 세 명의 인물을 배치했다. 이 역시 북에 두고 온 어머니와 누이와 남동생으로 미루어 짐작할 수 있다. 반면 같은 사이즈의 또 다른 〈가족〉(1989년 작, 캔버스에 유채, 130x162cm)은 2남2녀를 둔 화가의 자녀들이 놀이하는 모습을 그린 것으로 보인다.

〈너는 누구인가〉(1988년 작, 캔버스에 유채, 91x116.7cm)는 붉고 푸른 색면을 위아래로 대칭시키고 두 명의 인물을 배치했다. 분단을 상징하는 듯한 배경에 서로 다른 체제에 사는 인간을 세워 놓고 '너는 누구인가?'라고 정체성을 묻는 것 같은 느낌을 준다.

황용엽은 자서전에서 이 시기의 작품에 대해 "전쟁 상황에서 벗어나 생활이 어느 정도 안정되다 보니 고향과 어릴 때 생각이 많이 났다. 내가 살았던 강서의 고구려 고분벽화도 떠올랐다. 이 시기의 작품들은 고구려 고분벽화의 화려한 문양과 자연 풍경을 어우러지게 조화시켜 본 것이다"라고 기술했다.

이처럼 황용엽은 작가노트에서 밝혔듯이 "세월의 흐름은 나도 모르는 사이에 나의 의식에 변화를 가져다주었다"며 전기와 분명 다른, 밝은 그림을 그리기 시작했다. 풍경이 등장하고 한국적 원형미原型美를 추구했지만 황용엽 작품의 주인공이 언제나 인간임에는 변함이 없다.

1987년 이후 작품, 화사해지고 이야기도 많아지다

1987년 이후의 작품들은 고분벽화의 문양들과 샤머니즘적 소재들을 혼합해 그렸으며 작품마다 제목을 붙였다. 색채도 오방색과 원색을 혼합해 화사해졌고, 제목에 묘사된 것처럼 이야기가 많아진 점이 특징이다. 평론가들도 화가의 이 같은 변화를 새로운 시도라고 평하고 있다.

다음은 미술평론가 오광수가 1990년 미술공론사에서 출간한 화집 『황용엽』에 실은 「열린 풍경으로의 인간」 부분 평론이다.

전형적 인체상이 되살아나면서 이들 인간들을 단순한 공간 속에 평면적으로 나열하는 것이 아니라 나무와 산과 들녘과 같은 구체적인 자연을 배경으로 점경시키고 있다. 훨씬 구체적인 현실로 되돌아온 느낌이다. 그리고 이 풍경 속의 인물들은 이전의 화면에서 만났던 인간들처럼 고통에 일그러져 있지 않다. 우산을 받치고 길을 가거나 부채를 들고 나무 그늘에 앉아 쉬거나 또는 들녘에 앉아 서로 정담을 나누고 있는, 즐거운 생활의 한때를 걷잡은 것이다.

같은 화집에 실린 프랑스 미술평론가 클로드 도르발의 평문도 황용엽의 작품세계를 전기와 후기로 나누고 있다.

전시회에서 그의 그림을 보고 그의 작품 활동을 2기로 나눌 수 있지 않을까 하는 생각이 들었다. 전기는 푸른 빛이 도는 회색이 주조를 이루며 어렴풋하고 멜랑코리한 분위기 속에서 인물을 주요 소재로 다룬 시기라면, 후기는 보다 명랑하고 생동감이 넘치며 밝아서, 작가가 공포의 장면들로부터 받은 고통스런 삶의 상흔으로부터 벗어났음을 보여준다.

황용엽은 1989년 국제화랑에서 연 황용엽 초대전을 다룬 〈경향신문〉 인터뷰 기사에서 다음과 같이 변화를 설명했다.

"종래와는 많이 변했습니다. 그전에는 어둡고 우울한 성향이 주조를 이루어 왔으나 이번에는 밝고 건강한 현대인의 내면에 관심을 갖고 접근해 봤습니다. 암울했던 과거의 인간 모습이 아니라 풍부하고 당당한 삶의 모습을 투영시켰다고나 할까요."

1990년대 접어들면서 황용엽의 그림은 더욱 밝아졌다. 1990년 작품인 〈삶 이야기〉, 〈길〉 등에는 도시 풍경이 등장하고 있다. 도시의 건물을 볼록 렌즈에 투영된 상처럼 그려 넣은 것이다.

이 시기부터 화랑과 평론가들은 황용엽의 변화에 관심을 보였다. 1992년 국제화랑에서 연 제17회 개인전 도록을 보면 박경미 국제화랑 디렉터가 황용엽의 근작들에 대해 다음과 같이 이야기하고 있다.

> 새로워진 그의 화면 속의 인간들은 더 이상 고통에 신음하기만 하는 인간의 부정적 형상들이 아니라 삶의 원천적 즐거움을 발견하여 그것을 누리고 있는 인간의 형상들이며, 이러한 전환은 작가가 겪었던 젊은 시절의 절망적 체험의 후유증이 세월의 긴 여정을 겪으며 맑게 여과되어 생 그 자체를 긍정적 운명으로 받아들이게 된 작가 자신의 삶의 연륜을 대변해 주는 것으로 이해된다. (…중략…)
>
> 2년 전의 개인전에서 발표된 작업들에 비하여 보다 밝아지고 테크닉이 무르익은 그의 최근 화면들은 이제 삶을 더욱 관조하려는 작가의 인생에 대한 여유로운 비전과 그것을 화폭을 통해 가시화시키려는 변함없이 성실한 장인정신이 합치하여 이룩해낸 결과로 받아들일 수 있을 것이다.

1990년대 들어 황용엽의 그림이 밝고 컬러풀해진 것은 황용엽 개인사와도 관련이 깊다. 황용엽은 캐나다에 살고 있는 지인을 통해 이북의 가족들과 편지를 주고받으며 어머니의 작고, 누이와 남동생과 형수의 생존 소식을 접했던 것이다.

작가는 1992년 4월 29일자 〈조선일보〉와의 인터뷰에서 "통일 분위기가 성숙되고 북쪽의 소식을 접하게 되면서 고향이랄까, 가족, 삶 같은 것들을 자주 생각하게 됩니다. 그림도 뭔가 틀에 꽉 짜인 것보다는 해체되고 자유로워진 것을 그리고 싶달까요"라고 말했다.

같은 해 5월 〈경향신문〉과의 인터뷰에서도 "그러나 이번 작품전에서는 종래의 우울했던 인간상보다는 당당한 삶의 모습이 배어 있습니다. 그동안 생사를 알 수 없어 애태웠던 어머님이 지난해 돌아가셨다는 사실을 확인하고는 오히려 마음이 편안해졌어요. 또 누님도 고향에 살아 계신다는 소식도 들었지요. 그래서 그런지 작품이 한결 밝아졌습니다"라고 밝혔다.

1995년 10월 10일자 〈조선일보〉와의 인터뷰에서도 "91년 비록 어머님은 돌아가셨지만 누님과 동생이 고향 땅에 그대로 살아 있다는 소식을 그들의 편지로 직접 듣고 반세기 넘게 나를 사로잡았던 정신의 굴레가 벗겨지는 것을 느꼈습니다. 뭔가 폐쇄된 상황 속의 갈등과 절규만 갖고는 설명할 수 없는 존재의 지평이 있다는 것을 느낀 거지요"라고 말했다.

미술평론가 최병식은 1995년 조선일보 초대 황용엽 개인전 도록에서 1990년대 작품에 대해 "이처럼 최근의 작업들에는 한마디로 '한계상황'이 아니라 인간상의 오감五感이 고루 엿보이는 여러 형태의 삶이 조망된 '다각적인 삶의 일기'라 해도 과언이 아닌 자유로운 의지와 생명력이 숨쉬고 있다"고 평했다.

좀 더 우화적으로 바뀐 2000년대 이후 작품

2000년대 들어서면서 황용엽의 그림은 좀 더 우화적으로 변했다. 샤머니즘적 요소가 가미되면서 뭔가를 기원하거나 주문을 외우는 것 같은 요소가 짙어졌고, 색과 형태도 더 단순화되고 조형성을 강조한 작품들을 그렸다. 2007년 전북 부안의 휘목아트타운·미술관 개관 기념으로 열린 황용엽 작품전에서 미술평론가 오광수는 다음과 같이 근작을 평했다.

최근작에 나타난 변모의 양상은 우선 청을 기조로 한 밝은 톤이 화면을 지배하고 있다. 초기의 무거운 황갈색과 중기의 밝은 황갈색에 비해 청색 기조는 대단히 확실한 변화의 추이로 꼽을 수 있을 것 같다. 또한 보다 간결하면서 담백한 기운이 바닥에 흐른다는 점이다. 여인들은 가족일 수도 있고 먼 과거의 추억의 대상일 수도 있으며 아득한 시간의 저 너머에 떠오르는 그리움의 표상일 수도 있다. 여인들은 한결같이 밝고 화사한 표정과 무언가 말을 걸 듯 다가오는 정다운 모습이다.

국립현대미술관 이추영 학예연구사는 《황용엽 인간의 길》도록에서 2000년 이후의 작품에 대해 다음과 같이 언급했다.

2000년대 이후 황용엽은 이전 세대의 다양한 작품 스타일이 절충적으로 혼합된 형식의 작품을 선보이고 있다. 90년대의 민화나 설화, 무속적인 분위기가 지배적이었던 화면에는 다시금 빨강, 파랑 등 밝은 채도의 배경 속에 70년대의 작품 속에 등장하던 도식화된 인물들이 재등장한다. 평면적인 배경 속에 녹아들어 간략한 선으로 도식화된 인물들의 형태는 고대문명의 벽화 속 기호처럼 보이기도 한다. 또한 몇몇 작품에 나타나는, 동그란 두 눈에 미소 띤 인물들의 풍부한 표정도 이전과는 다른 변화이다. 〈삶 이야기〉, 〈나의 이야기〉 등의 연작은 이제 세월의 풍파를 지나 인생을 반추하는 원로 화가의 담담한 고백과, 고난의 삶을 반추하는 화가의 완숙한 시선을 보여주고 있다.

스무 살에 평양미술대학에 입학해 여든넷인 지금도 그림을 그리는 황용엽의 미술 인생은 참으로 긴 대하大河가 아닐 수 없다. 따라서 앞쪽만 보고 황용엽의 예술세계를 논하는 것은 절반의 평가에 지나지 않는다. 오히려 뒤쪽을 주의 깊게 보아야 앞쪽 한계상황의 인간을 더 깊이 이해할 수 있다고 본다.

1980년대 작품

닫힌 인간에서
열린 세상 풍경으로 나오다

인간 Human
1981, 38x46cm, 캔버스에 유화

유럽 미술기행을 다녀온 황용엽은 뭔가 화풍을 바꾸고
싶어 이 같은 그로테스크한 인물을 형상화했다. 기존의
포름에서 벗어나기 위해 시도했으나 잘 풀리지 않아
몇 점밖에 그리지 않았다.

인간 Human
1982, 72.5x91.5cm, 캔버스에 유화

1980년 유럽 미술기행 중 파리에 체류했던 황용엽은
현지 TV를 통해 광주 유혈 사태의 실상을 목격하고 이처럼 강렬한
색채의 현실참여적 작품을 그렸다. 분노하는 인간상이라고 할까,
과격한 선묘로 단독자의 모습을 형상화했다.

인간 Human
1982, 97x130cm, 캔버스에 유화

역시 광주민중항쟁을 모티프로 그린 작품으로, 군중들의
격렬한 저항을 날카로운 선과 강한 색채로 액티브하게 그렸다.

인간 Human
1982, 112x145.5cm 캔버스에 유화

국립현대미술관 초대전 때 벽면에서 떼어내 독립 설치했던
저항 연작 중 하나다. 이 계열의 작품들은 1982년
신세계 갤러리에서 발표했는데, 반응은 찬반으로 엇갈렸다.
그러나 작가는 "해볼 만한 일탈이었다"고 회고했다.

인간 Human
1982, 91x117cm, 캔버스에 유화

평양이 고향인 작가는 강서고분이 있는 평안남도
강서면에서 성장기를 보냈다. 갈색 주조의 이 작품
은 고분벽화의 기마상 같은 인상을 주고 있다.

인간 Human
1986, 130x160cm, 캔버스에 유화

인간 형상을 상하로 배치한 특이한 구도의
작품이다. 작가는 이 시기의 그림들을 정리하여
최근 새롭게 해석하는 작업을 하고 있다.

인간 Human
1987, 130x162cm, 캔버스에 유화

〈인간〉 시리즈의 마지막 시기 작품으로 우리 고유의
무속적인 소재들이 나타나기 시작했다. 작가는
한국적인 소재와 색채를 자기 스타일로 양식화하는
시도를 꾸준히 해오고 있다.

무녀 Shaman
1987, 53x65cm, 캔버스에 유화

〈인간〉만 제목으로 하던 황용엽 작가가 구체적인 제목을
단 첫 작품이다. 이 시기부터 작가는 우리 무속을 끌어들여
토속적 설화와 색채로 인간과 자연을 형상화했다.

무녀의 비밀 Ⅰ Secret of Shaman Ⅰ
1987, 72.7x90.9cm, 캔버스에 유화

작가는 어린 시절 굿 구경을 많이 다녔다고
자서전에서 밝혔다. 이 작품은 무녀를 소재로 다양한
전통 문양을 조화시켜 화사한 느낌을 준다.

너는 누구인가 I Who are You I
1988, 91x116.7cm, 캔버스에 유화

마치 태극의 음양을 나타내는 빨강과 파랑색을 대비시키고
고분벽화와 무속을 혼합한 오방색 등 다양한 색채를
구사했다. 이 작품은 디자인 이미지가 강하다.

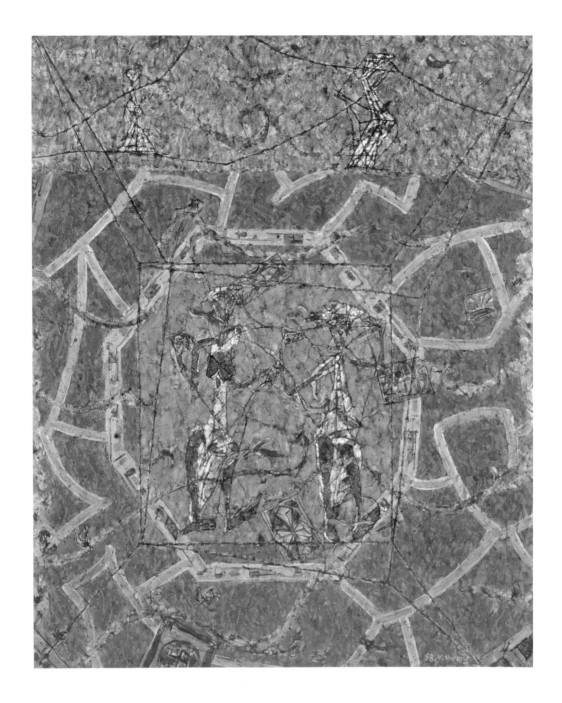

토속의 합주 Concert of Fork Customs
1988, 130x162cm, 캔버스에 유화

작가는 토속적인 민화, 도자기, 기와 무늬, 떡살 문양,
장롱 장식 등 한국적 원형미들을 작품화했다.
오방색과 원색을 사용하여 색감이 화사하다.

진혼곡 Requiem
1988, 97x130.3 cm, 캔버스에 유화

이 무렵부터 작가는 화폭의 중심에 자리 잡았던 인간상을
화면에 흡수시키고 장식적 효과를 자아내는 색채로
조형미를 표출하는 화풍의 변화를 보이기 시작했다.

가족 Family
1989, 130x162cm, 캔버스에 유화

북에 두고 온 고향과 가족은 작가에게 떼려야 뗄 수 없는
작품의 소재다. 이 작품은 고향산천을 배경으로 풍요로운
들판을 가고 있는 작가의 가족도다.

벽에 그린 내 가족 My Family Painted on the Wall
1989, 130×162cm, 캔버스에 유화

얼마나 그리우면 〈벽에 그린 내 가족〉일까. 이 작품 역시
북에 두고 온 가족을 생각하며 그린 것이라고 작가는
밝혔다. 조형상 허전해서 장식적 요소들을 가미했다.

꾸민 이야기 Affected Story
1989, 112x145cm, 캔버스에 유화

한국의 민화 병풍을 작가 나름으로 응용하여 형상화한
작품이다. 민화와 어우러져 인간 형상이 훨씬 자연스러워 보인다.
전체적으로 한 편의 드라마 같은 분위기를 연출하고 있다.

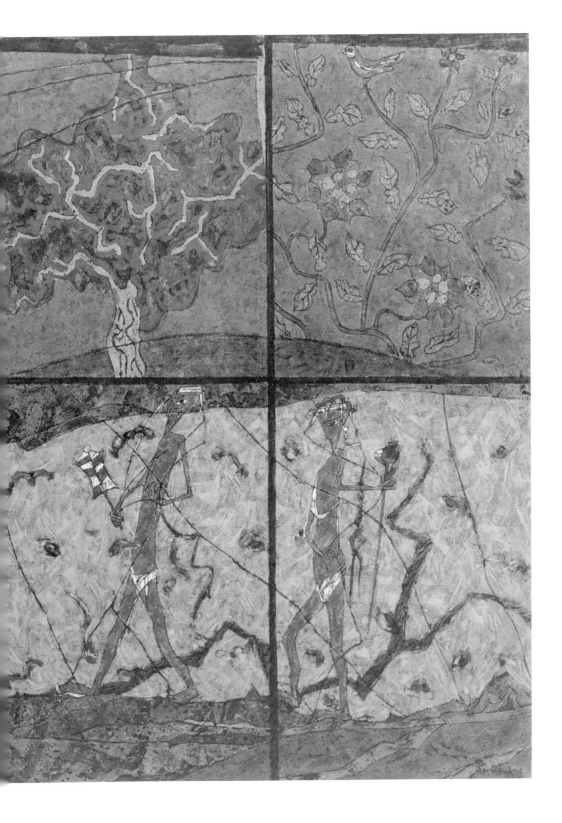

개인전을 25회나 한
뚝심의 화가
황용엽

40년 동안 오직 그림만 그려온 화가

1931년생인 화가 황용엽은 2015년 7월 25일 오픈한 국립현대미술관 주최《황용엽 : 인간의 길》전까지 생애 통산 25회의 개인전을 열었다. 미국에서 활동하고 있는 1916년생 김병기 화백이 내년에 100수전을 연다는 소식이 들리고 100세 임박한 화가가 손꼽을 정도로 있긴 하지만, 그들은 황용엽만큼 지속적으로 작품 활동을 하지는 못한 것으로 알고 있다.

개인전 횟수도 황용엽보다 많은 화가가 있을 수 있으나 내용이나 질 면에서 황용엽을 능가할 작가는 많지 않다고 생각한다. 황용엽은 매회 신작으로 전시장을 채웠고, 대규모 회고전을 하더라도 신작을 꾸준히 선보였다. 이는 계속 작업을 하지 않고는 하기 어려운 일이다.

황용엽은 80대 중반인 요즘도 아침에 화실에 나가 저녁 무렵까지 꼬박 7~8시간을 서서 그림을 그린다. 젊은 화가들도 체력적으로 힘이 드는 작업을 황용엽은 평생을 해왔다. 가정을 꾸리고 자녀들을 양육하기 위해 홍대 미대를 나와 1978년 숙명여고를 그만둘 때까지 여러 학교에서 미술교사를 하고 미술학원과 화실도 열었지만, 1979년부터 40년 가까이 '전업 작가'로 나서 오직 그림만 그려온 화가가 황용엽이다.

20세기 최고의 거장으로 꼽히는 파블로 피카소(1881~1973)는 92세까지 장수하며 청색시대를 거쳐 입체주의 양식을 창안하고 〈게르니카〉, 〈아비뇽의 여인들〉 등 수많은 걸작을 남겼다. 말년까지 체력도 왕성했지만 도자기에서 조각까지 다양한 작품들을 속도감 있게 해낸 화가로도 유명하다.

황용엽은 인터뷰 때마다 피카소 얘기를 자주 했다. 유럽 미술기행을 하면서 피카소 작품을 많이 보았다는 그는 "피카소 그림을 보면 얼마나 걸려 완성했는지 감이 온다"는 말도 했다. 피카소처럼 건강하게 오래 살아 좋은 작품을 많이 남기는 것이 소망이라는 황용엽은 체력이 대단하다. 6·25전쟁 중에 총상을 입어 한쪽 다리가 1.5cm나 짧은 핸디캡에도 불구하고 황용엽은 젊어서부터 등산과 스키로 체력을 다졌고, 80대 중반인 지금도 한 주일에 두 번은 테니스 코트에 나가 서너 게임을 뛸 만큼 노익장이다.

등산을 하는 사람들은 힘든 과정을 거쳐 정상에 올랐을 때의 희열은 말로 도저히 표현할 수 없다고 말한다. 높은 데 올라야 세상이 다 내려다보인다는 것이다. 화가도 어떤 경지에 올라야 예술가라고 할 수 있다. 황용엽은 오직 그림을 그리기 위해 역경을 헤쳐 나갔고, 시류에 흔들림 없이 오직 자기 길을 쉼 없이 걸어 고지에 올랐다. 기초도 탄탄했지만 작업량으로 타인의 추종을 불허했고 누구보다 많은 작품을 발표했다.

그는 자서전에서 "최고의 경지에 오르기 위해서는 쉬지 않고 작업을 해야 하고, 작업량이 축적되어야 그 사람의 역량을 평가할 수 있다. 누가 얼마나, 어떻게 작업을 했는가는 전문가들의 눈으로 보면 투명하게 다 보인다"고 말했다.

이 같은 저력과 뚝심, 그리고 그림에 모든 초점을 맞추고 그림 인생을 살겠다는 투철한 프로의식과 예술가로서의 장인정신이 생애 통산 25회 개인전이란 기록을 만든 것이다. 이 기록이 어디에서 멈출지는 아무도 알 수 없다.

1950~1960년대 초반의 탐색기

황용엽이 홍익대 미대를 졸업한 것은 1957년이다. 그는 인천고 미술교사로 출발해 서울 보성여고로 옮겨 어려운 여건 속에서도 꾸준히 그림을 그렸다. 그러나 당시 작품은 간수하기가 어려워 모두 유실되었다.

이때의 작품 중 남아 있는 것은 1959년 작 〈여인〉(캔버스에 유채, 65.5x80cm) 한 점뿐이다. 1960년대 들어서도 같은 화풍으로 〈소녀〉, 〈모녀〉, 〈소녀와 소년〉, 〈변질한 여인〉 등을 그렸다.

화가로서 진로를 찾지 못하고 있던 그는 당시 유행하던 앵포르멜이나 추상표현주의에도 관심을 가지고, 김영주가 주도한 '실존미술가협회'에도 관심을 보이며 '앙가주망 동인전'에도 출품했으나 깊이 경도되지는 않았다. 앙가주망전은 유파와 상관없이 각자의 개성을 발표하는 장이었다.

인체의 형상을 변형하고 물감을 두텁게 발라 표현주의 성향이 강했던 황용엽의 작품은 역시 김영주 등이 주도한 조선일보 주최의 한국현대작가전에는 초대받았으나 기존 화단에서는 철저히 소외당해야 했다.

당시 한국 화단은 아카데미즘으로 불리는 국전(대한민국 미술전람회)이 주도권을 쥐고 있었다. 국전 입선작과 수상작들은 꽃이나 과일을 그린 정물화, 전원이나 농촌을 그린 풍경화, 모델을 놓고 그리는 인물화가 주류를 이루었다. 이런 경향의 그림들과 달리 인물을 데포르마숑Deformation, 즉 변형하고 거칠게 표현한 황용엽의 작품은 섞일 수가 없었다.

황용엽은 홍대 미대 재학 당시 국전에 한 번 입선했으나 다음 해 낙선해 국전과는 결별한 상태였다. 대학 때부터 사실적인 그림과 거리를 두었

황용엽 선생은 1961년 9월 서울 소공동 국립중앙도서관 전시실에서 열린 앙가주망 창립전에 참여했다. 위 사진 오른쪽에서 세 번째가 황용엽 선생이다. 아래 사진은 전시장에서 담소하는 창립 동인들.

던 황용엽은 국전과 맞지 않았다. 화단 주류에서 벗어나 독자적으로 활동하다 보니 당시 황용엽의 작업은 신선한 충격을 주었으나 시대를 앞서갔기에 평가를 받지 못했던 것이다. 아니, 소외당했다는 표현이 더 정확할 것이다.

인물을 다루었지만 당시 황용엽의 그림에는 〈인간〉으로 나아가는 징후들이 보였다. 1960년 작 〈소녀〉에는 소녀의 얼굴이 삼각형 형태로 단순화되었고, 〈모녀〉에는 샤머니즘적 감성이 가미되어 있다. 1961년 작 〈가족〉은 북에 두고 어머니·누이·남동생을 그린 것으로, 조형성을 고려했다. 1963년 〈나귀와 여인〉은 평안남도 강서고분 벽화에서 받은 인상을 표현한 작품이다. 그러다가 1964년 작 〈두 소녀〉에서부터 선이 나오기 시작하여 같은 해 그린 〈변질된 조화〉에도 정돈되지는 않았지만 선이 보이고 있다.

당시 황용엽의 작품에서는 이미 〈인간〉의 핵심인 인체의 변형, 선, 샤머니즘과 고분벽화의 장식성과 색채, 그리고 무엇보다 〈가족〉에서 보듯 전쟁과 분단이 빚은 상황들이 소재로 떠오르고 있다.

1965년 콜라주 작품 선보인 첫 개인전

황용엽은 1965년 3월 1일부터 7일까지 서울 중앙공보관 제1화랑에서 화단 첫 데뷔전을 가졌다.

당시에는 미술 전시회가 드물었다. 특히 화가들이 작품을 발표하는 전시 공간이 거의 없다시피 했다. 천경자는 전시戰時에 부산의 한 다방에서 개인전을 가졌고, 이중섭은 1955년 미도파백화점 화랑, 이대원은 1957년 동화백화점 화랑에서 개인전을 열었다. 김환기는 1963년 국내 첫 개인전을 중앙공보관 화랑에서 열었다.

이처럼 미술 인프라가 부족했던 시절에 황용엽은 중앙공보관 제1화랑에서 개인전을 열었으니 출발이 빠른 셈이다. 1965년 5월에 작고한 박수근의 유작전이 그해 10월 서울 소공동 중앙공보관 화랑에서 열렸으니 황용엽의 첫 개인전은 그보다 앞서 열린 것이었다. 출품작은 유화 24점과 수채화 6점이었다. 유화 작품은 거의 인물화이고, 수채화는 자화상을 빼고는 거의 풍경화였다.

당시 황용엽은 서울 퇴계로에 삼청미술연구소를 연 덕분에 낮에 그림을 집중적으로 그릴 수 있었다. 이북에서 평양미술대학을 다니다 6·25전쟁이 일어나자 월남하여 전장에서 총상을 당하고 천신만고 끝에 화가의 길로 들어서 가진 첫 개인전인 만큼 감회가 컸다. 그러나 황용엽은 그 이전에 화가로서 어떤 작품을 발표할지에 온힘을 쏟았다고 나중에 회고했다.

첫 번째 개인전에서는 콜라주 작품들을 발표했다. 판넬에 장판지를 잘라 아교로 붙이고 유화 물감으로 색채를 입혀 마무리했는데, 판넬을 구해서 자르고 아교풀을 만들고 장판지를 오려 붙이는 작업을 혼자 다 했다.

국전과 결별한 그는 처음부터 큰 작품으로 승부를 걸었다. 대작 30점을 걸었는데, 당시 국전을 제외하고 이만한 규모의 개인전이 국내에서 열린 적이 없었다. 전시회가 봄·가을에나 몇 건 있던 시절이라 서울 중심가에서 대작 위주로 연 황용엽 개인전은 화단의 반응도 좋았고 관람객들도 많았다.

출품작 〈마른 소년〉(1965년 작, 캔버스에 유채, 45.5x53cm)은 황용엽의 자화상이다. 판넬(하드보드)에 장판지를 잘라 붙이고 유화 물감으로 마티에르(질감)를 낸 작품이다. 붉은색 바탕에 검은색으로 목이 긴 소년의 형상이 드러나 있다.

1973년 두 번째 개인전, 〈인간〉이란 독자적 포름 선보이다

1970년대는 황용엽이 '인간'이라는 소재에 몰두하던 시기였다. 그런데 그것이 황용엽의 포름으로 어떻게 형성되었는지는 화집만 보아서는 알 수가 없다. 1965년 작 〈두 여인〉을 건너뛰어 1973년 작 〈인간〉(캔버스에 유채, 130x145cm)이 실린 것이다.

아마도 이 시기는 황용엽이 자신의 체험을 바탕으로 '인간'이라는 주제를 정하고 자기만의 포름을 만들어 나간 산고產苦의 기간이었을 것이다. 화가가 자신의 주제와 포름을 창작한다는 것은 가장 힘든 일인데, 그는 1970년대 접어들면서 〈인간〉이란 독자적 타이틀을 붙인 포름을 내놓았다.

첫 작품 〈인간〉은 평양에서 남하하려다가 길에서 공안에게 붙잡혀 시민들과 한 건물 지하실에 갇혔던 상황을 떠올리며 조형화한 작품이라는 것이 작가의 설명이다. 벽돌도 있고, 기호 같은 것도 그려져 있다. 수백 명을 지하에 가둬 놓고 밥도 물도 주지 않아 고통스러웠던 기억을 그는 잊지 못했다. 막연히 갇혀서 속박당하고 절망에 빠졌던 당시의 상황을 100호짜리 작품으로 형상화한 기념비적인 작품이다.

1973년 11월 22일부터 28일까지 서울 신문회관 화랑에서 연 두 번째 개인전에서 그는 〈인간〉이란 제목을 붙인 대작들을 발표했다. 청색과 황색, 회청색과 갈색의 색면을 보이는 〈인간〉 연작들에는 선이 등장한다.

이때의 선은 인간을 억압하는 조형적 요소였다. 단순한 선, 단순한 색, 단순한 형상을 추구했던 당시의 작품들은 작가의 체험이 배어나온 〈인간〉 초기 작품이어서 그렇겠지만, 지금 보아도 절박한 상황이 감지될 정도로 이지적이고 냉철한 인상을 주고 있다. 자서전에서도 밝혔듯이 그동안 겪어온 치열한 삶, 이를테면 북한에서의 속박, 구속, 전쟁, 죽을 고비, 부상 등이 너무도 치열했기 때문일 것이다. 그는 "수많은 선들이 인간을 갇혀 놓은

《황용엽 : 인간의 길》전 제1전시실 한 벽에 모은 1960∼70년대
소품들. 작가의 체험이기도 한 한계상황 속의 인간을
형상화한 초기 작품들의 면면을 살필 수 있다.

상황의 작품들을 통해 나는 인간/속박/자유 등의 한계상황(피할 수 없는 극한상황)을 추구했다"고 술회했다.

황용엽은 당시 숙명여고 교사로 재직하면서 넓은 화실을 쓸 수 있어 대작을 할 수 있었고, 작품의 조형적 완성도뿐 아니라 화가로서의 자신감도 갖게 되었다. 다음은 자서전에 나오는 작가의 글이다.

> "지금 이렇게 봐도 이때의 그림들이 괜찮다. 내용보다도 내 것(스타일, 기법) 가지고 그리는 표현 양식이 생긴 것이다. 내 포름이 형성되기 시작, 첫 개인전 때보다 한 단계 업그레이드된 포름을 찾아낸 시기였다. 이런 내 포름이 나올 수 있었던 저변에는 일찍이 책을 통해 해외 미술 정보를 많이 접했던 것이 큰 도움이 되었다. 평양에서 유모네 큰형이 책방을 해서 일본의 미술잡지나 화집 등을 통해 서구의 미술 정보까지 얻을 수 있었다."

3~7회 개인전, 안국동 미술회관에서 매년 열다

황용엽은 1974년부터 1978년까지 매년 9~11월경에 당시 안국동 인근에 자리한 한국문화예술진흥원 미술회관에서 5회 연속 개인전을 열었다.

흔히 '안국동 미술회관'으로 불린 이 전시 공간은 1973년 발족한 한국문화예술진흥원이 화가들을 위해 마련한 전시장으로, 대관료도 저렴하고 접근성도 좋아 화가들이 많이 이용했다. 1979년 김수근이 설계한 대학로의 문예진흥원 미술회관이 개관하여 그리로 옮기기 전까지 황용엽은 이 전시장을 적극 활용했다.

화가가, 그것도 교교 미술교사가 매년 같은 시기에 개인전을 연다는 것은 쉬운 일이 아니다. 그런데 황용엽은 개인전을 할 때마다 같은 경향의 작품이 아니라 늘 새로운 작품을 발표했다. 개인전을 25회 하면서 끊임없이 변화를 추구한 것이다.

1974년 3회 개인전부터는 기하학적 사람의 형태, 황용엽 포름의 인간 형상들이 나오기 시작한다. 색을 빼고 선도 단순화한 이들 작품은 화단의 주목을 받았다.

1975년 9월 27일부터 10월 3일까지 연 4회 개인전에서도 〈인간〉(캔버스에 유채) 연작을 발표했다. 이때는 같은 〈인간〉 연작이라도 소재와 형식에 변화를 주었다. 인간 형상을 공중에 띄운 작품도 있고, 떡살무늬나 전통 양식의 담장 문양을 장식으로 사용한 작품들도 있었다. 또한 강강술래, 상모돌리기, 도자기 문양을 형상화한 작품들과 흑백의 색채만을 사용한 삼각형의 도식화된 작품들도 함께 발표했다.

그런데 1976년 9월 29일부터 10월 5일까지 연 5회 개인전 출품작들은 또 달랐다. 이때의 〈인간〉 연작에는 인간의 속박도 곁들여 서커스에서 줄타기하는 것 같은 인간 형상을 조형화했다. 1976년 작 〈인간〉 중 길 위의 인간을 조형화한 100호 시리즈에 작가는 특히 애착을 가졌다.

매번 변화를 주기 위해 다양한 소재와 기법을 시도했던 황용엽은 1977년 10월 20일부터 26일까지 연 6회 개인전에서는 부처상 뒤의 광배를 인간을 둘러싼 원으로 표현한 작품과 불공 드리는 사람들을 조형화한 작품을 발표했다.

1978년 10월 6일부터 12일까지 연 7회 개인전에서는 여러 각도에서 새로운 시도를 했다. 황용엽은 이때부터 인물에 눈도 그려넣고 그로테스크하게 표현하는 등, 인간을 좀 더 구체화하면서 변화를 주었다. 무릎을 꿇고 마주 앉은 두 인물을 통해 대화하는 모습을 형상화한 〈인간〉(캔버스에 유채, 72.5×90.5cm)도 발표했고, 우리나라 도자기의 떡살 무늬를 문양 형태로 도입해 조형화한 〈인간〉(캔버스에 유채, 53×68.5cm)도 출품했다. 들판에서 일하는 농부들을 자신의 스타일로 그린 작품도 나왔다.

그는 자서전에서 "화가에게는 뭘 그리느냐도 중요하지만 어떻게 표현하느냐, 어떻게 양식화하여 내 포름을 만드냐가 더 중요하다. 스토리텔링도 있어야 하지만, 화가는 글로 쓰는 것이 아니라 조형언어로 말해야 하는 만큼 자기의 양식이 중요한 것이다"라고 밝히고 있다.

8회 개인전은 1979년 부산 공간화랑에서 열었다. 1975년 개관한 부산 공간화랑(대표 신옥진)은 지금까지도 성실하게 운영하고 있는 지역의 대표적인 화랑이다.

9·10회 개인전, 동산방화랑 초대로 상업 화랑에 진출하다

1970년대 화랑가를 이야기할 때 명동화랑의 김문호 사장을 빼놓을 수 없다. 서울 명동에 명동화랑을 열어 현대미술 작가들을 발굴한 공도 있지만, 화랑협회 발족 등 미술문화 향상에도 앞장섰던 인물이다.

이 김문호 사장이 황용엽을 동산방화랑 박주환 사장에게 소개하여 미술회관에서 개인 발표전만 해오던 그를 상업 화랑으로 진출시켰다. 당시 신생 화랑인 동산방은 한국화 작가전으로 두각을 나타내고 있었으나 흔쾌히 서양화가 황용엽을 초대하여 개인전을 열었다.

1979년 10월 23일부터 29일까지 동산방화랑에서 연 9회 개인전에서는 그로테스크한 형상의 〈인간〉 시리즈가 발표됐다. 뒤틀리고 꼭두각시처럼 끈으로 묶여 있는 황용엽의 인간 형상은 당시로서는 파격적이었음에도 미술시장의 활기로 애호가들의 관심을 모았다.

황용엽은 1970년대 말에 학교 등 주변 일체를 정리하고 유럽 미술기행을 떠나 1980년대 중반까지 해외에 머물렀다. 그리고 1981년 5월 13일부터 19일까지 동산방화랑에서 10회 개인전을 가졌다.

미술평론가 오광수는 10회전 작품에 대해서 "무수한 선조線條의 구조 속에 부단히 옭아매어졌던 인물들이 선조의 막을 뚫고 자신을 분명히 드러내 보이고 있다"며 "이 인물들은 어쩌면 작가 자신일 수도, 또는 우리 모두의 모습인지도 모른다"고 평했다.

동산방을 통해 상업 화랑에 진출한 황용엽은 작품이 밝거나 친근한 소재가 아님에도 독창적 인간 형상으로 마침내 시장 가치를 인정받기 시작했다.

신세계미술관에서 연 11회전

1982년 11월 23일부터 28일까지 서울 신세계미술관에서 연 11회전은 25회 개인전 중 특이한 전시로 기록될 만하다. 1980년 파리에 머물면서 현지 방송을 통해 목격한 광주 유혈 사태를 모티프로 한 강렬한 선과 색채의 작품을 발표한 것이다.

이제까지의 황용엽 화풍의 흐름과 다른, 다분히 현실참여적인 이때의 그림들은 2015년 국립현대미술관 전시회에서도 벽면에서 떼어내 입체적으로 전시됐다. 다음은 자서전에서 밝힌 화가의 증언이다.

> "1980년 5월 프랑스 방송은 군인들의 광주시민 진압 장면을 생생하게 방송했다. 나는 북한에서 넘어와 현실참여나 민중미술에 관심을 두지 않았으나 광주의 참상을 보고는 화가로서 인간에 대해 표현하고 싶었다. 그래서 화면에 군중들의 격렬한 움직임을 그렸다. 날카로운 선과 강렬한 색채로 더 액티브하게 그렸다. 그전 작품들은 선에 속도가 없었는데 속도를 살리고 입체를 추구했으며 공간적이 되도록 시도했다. 군중들의 저항을 형상화한 작품들은 나름대로 괜찮았다. 이때의 작업은 잘 해본 것 같다."

그 시대에 이러한 그림 발표는 충격적이었다. 반응은 찬반으로 갈렸다.

1988년 동숭동 미술회관에서 연 12회전

1988년 5월 27일부터 6월 1일까지 한국문화예술진흥원 미술회관에서 연 12회 개인전은 1983년부터 1987년까지의 〈인간〉 시리즈가 어떻게 변모해 왔는가를 보여주는 전시였다.

1983년 〈인간〉 연작에는 우리 고유의 무속(샤머니즘)적인 소재들이 나타나기 시작한다. 1985년의 〈인간〉 연작 중 몇 점은 피란 나올 때의 기억을 형상화한 작품들이다. 1987년의 〈인간〉 연작들은 강서 고분벽화의 문양들과 샤머니즘적 소재들을 혼합해 그린 작품들이다.

1987년의 〈무녀〉는 〈인간〉 시리즈에서 처음으로 개별 작품에 제목을 붙이기 시작한 첫 작품이다. 1970년부터 해온 〈인간〉 연작을 전기라고 하면, 이 작품이 후기를 여는 신호탄이 된 셈이다.

작가도 이를 의식한 듯 도록에 실은 '그림은 내 삶의 증언'이라는 작가 노트에서 이 같은 작품의 변화에 대해 "그림은 곧 화가의 삶의 증언이라고 믿는 나는 나의 지난날의 삶에 비추어 도저히 밝고 기름진 인간의 모습을 제시할 수가 없었다. 그러나 세월의 흐름은 나도 모르는 사이에 나의 의식에 변화를 가져다주었다. 극한 상황 속에서 인간 존재의 의미를 찾는 인간의 모습에 초점을 모았던 나는 또 다른 실험의 길로 들어섰다"고 밝혔다.

12회전 출품작들은 고분벽화의 문양들과 샤머니즘적 소재들을 혼합해 그린 작품들로, 작품마다 제목을 붙였고 색감도 오방색에 원색을 곁들여 화사해지고 이야기가 많아진 것이 특징이다.

시카고 로이드신 갤러리에서 가진 13회전

황용엽은 무속과 고분벽화의 문양들을 조화시킨 변화된 작품들을 전시한 열세 번째 개인전을 1989년 2월 17일부터 5월 15일까지 미국 시카고의 로이드신 갤러리에서 가졌다. 로이드신 갤러리와 함께 1988년 LA아트페어에 들고 나간 작품들과 같은 계열로, 무속적인 색감과 소재의 작품들이었다. 이들 작품은 시카고에서는 호응을 얻지 못하다가 뉴욕의 애호가들로부터 큰 호응을 얻었다.

국제화랑에서 14회전 열고 '이중섭미술상' 수상

1989년 11월 14일부터 23일까지 서울 국제화랑에서 연 열네 번째 개인전은 황용엽의 본격 상업 화랑 진출이라고 할 만하다. 〈혼을 부르는 여인〉, 〈너는 누구인가〉 등의 문학적 표제들이 이때부터 등장하기 시작했다.

출품작 〈마을로 가는 길〉은 민화를 작품에 끌어들여 조형화한 것이고, 〈연극 하는 연인들〉은 스토리텔링에도 역점을 둔 작품이다.

황용엽은 〈경향신문〉과의 인터뷰에서 자신의 작품이 종래와는 많이 변했다고 밝혔다.

> "그전에는 어둡고 우울한 성향이 주조를 이루어 왔으나 이번에는 밝고 건강한 현대인의 내면에 관심을 갖고 접근해 봤습니다. 암울했던 과거의 인간 모습이 아니라 풍부하고 당당한 삶의 모습을 투영시켰다고나 할까요."

그러나 그는 작업의 주제는 여전히 '인간'이라고 강조했다. 설화를 주제로 더욱 풍요로워진 인간 시리즈라는 것만 다를 뿐, 종래의 작업 의도는 그대로라는 것이다.

국제화랑에서 14회전을 열고 있던 중에 황용엽은 조선일보사로부터 새로 제정한 '이중섭미술상'의 첫 수상자로 선정되었다는 통보를 받았다. 그 통보는 당시 문화부 차장으로 이중섭미술상 제정에 참여했던 필자가 직접 했다.

제1회 이중섭미술상 수상 기념으로 연 15회전

14회까지가 화랑 대관이나 상업 화랑 초대로 전시회가 열렸다면 15회전은 회고전 형식의 대형 전시였다. 1990년 11월 20일부터 29일까지 조선일보미술관에서 연 '제1회 이중섭미술상 기념 황용엽 작품전'에는 1959년에 그린 〈여인〉에서 1990년 작 〈나의 이야기〉까지 90여 점이 전시됐다.

1990년에 그린 〈낮과 밤〉은 민화 '일월도'의 이미지를 활용한 작품이고, 〈혼을 부르는 여인〉은 굿 하는 무녀를 그린 것이다. 그런가 하면 〈삶 이야기〉, 〈길〉 등은 도시 풍경을 조형에 끌어들인 작품이다. 그리고 〈가족〉은 자연을 자신의 스타일로 조형화한 작품이고, 〈옛 이야기〉는 강서 고분벽화를 배경으로 한 작품이다.

황용엽은 자서전에서 "전쟁 상황에서 벗어나 생활이 어느 정도 안정되다 보니 고향과 어릴 때 생각이 많이 났다. 내가 살았던 강서의 고구려 고분벽화도 떠올랐다. 이 시기의 작품들은 고구려 고분벽화의 화려한 문양과 자연 풍경을 어우러지게 조화시켜 본 것이다"라고 회고했다.

미술평론가 오광수는 최근작에 대해 '닫힌 상황 속의 인간에서 열린 풍경의 인간으로'라는 표제로 "80년대 이전의 작품들이 갖는 밀폐된 상황 의식에 비하면 80년대 이후의 작품은 열린 세계로의 지향이라고 할 수 있다"고 평했다.

국제화랑 초대로 연 17·18회전

1992년 5월 12일부터 25일까지 서울 국제화랑에서 가진 17회전에서 황용엽은 〈어느 날〉, 〈나의 이야기〉, 〈달과 해〉, 〈나와 여인〉, 〈삶 이야기〉, 〈진혼곡 Ⅰ〉, 〈진혼곡 Ⅱ〉, 〈옛 이야기〉 등 1991년과 1992년에 그린 유화들을 발표했다.

황용엽은 〈조선일보〉와 한 인터뷰에서 "수상 이후 시간이 흐르면서 들뜬 기분을 가라앉히고 차분한 성찰 속에 그린 작품들입니다. 이중섭상 수상이 그때까지의 작업에 대한 평가를 반영한 것이라면 이제 새로운 모습을 보여야겠다는 욕심도 작용했고요"라고 말했다.

당시의 작품들은 황용엽 예술 인생의 전성기라고 할 만큼 밝고 자신감이 넘쳐 대표작으로 꼽을 만한 수작들이 많다.

'이중섭미술상' 수상의 여세를 몰아 국제화랑은 1993년 12월 15일부터 24일까지 〈황용엽 작은 그림전〉을 기획했다. 출품작은 〈여인〉, 〈길〉, 〈옛 이야기〉 등 1993년에 그린 소품들이었다.

조선일보 초대로 다시 열린 19회전

1995년 10월 14일부터 29일까지 조선일보미술관에서 조선일보사 주최, 국제화랑 후원의 《황용엽-삶의 이야기展》이 열렸다.

〈조선일보〉는 사고社告에서 "한국 구상미술계의 중진으로 우뚝 선 황용엽 화백의 근작 50여 점을 한자리에 공개하는 대규모 초대전"이라며 "수상 기념전 이후 5년 동안 갈고 닦은 원숙한 테크닉을 바탕으로 보다 폭넓은 인간 상황에 대한 해석들을 담아낸 50여 점의 작품을 공개한다"고 밝혔다.

미술평론가 최병식은 〈조선일보〉 기사에서 "황씨의 시선이 한계상황 속의 고뇌와 절박함에 한정돼 있던 데서 벗어나 기쁨과 슬픔, 즐거움과 어려움이 함께하는 공간으로 확장된 것"을 가장 큰 변화로 꼽았다. 작가는 이 기사에서 이 같은 변화의 요인 중 하나로 1991년 북한에 있는 혈육들과 편지를 통해서나마 생사를 확인할 수 있었던 점을 들었다.

> "91년 비록 어머님은 돌아가셨지만 누님과 동생이 고향 땅에 그대로 살아 있다는 소식을 그들의 편지를 통해 직접 듣고 반세기 넘게 나를 사로잡았던 정신의 굴레가 벗겨지는 것을 느꼈습니다. 뭔가 폐쇄된 상황 속의 갈등과 절규만 갖고는 설명할 수 없는 존재의 지평이 있다는 것을 느낀 거지요."

'향수'를 주제로 한 20회전

1998년 7월 15일부터 8월 10일까지 국제화랑 기획으로 황용엽의 '향수鄕愁'전이 열렸다. 〈삶 이야기〉, 〈어느 날〉 등 고향을 주제로 한 소품 40점이 출품되었다. 인간뿐 아니라 새, 나무, 산이 평화롭게 어우러진 소품들로 토속적인 무속화, 탱화, 민화 등 전통 색채를 끌어들인 점이 특징이다.

선화랑 초대로 연 21회전

2001년 9월 25일부터 10월 13일까지 서울 선화랑에서 연 21회 개인전에서는 〈꾸민 이야기〉, 〈삶 이야기〉, 〈나의 이야기〉, 〈어느 날〉, 〈여인〉 등 2001년에 제작한 유화들을 발표했다.

성곡미술관 기획전으로 대신한 22회전

2003년 7월 30일부터 8월 31일까지 성곡미술관이 기획한 '미술의 시작' 5회전에 서양화 작가로 선정된 황용엽은 개인전 형식으로 작품을 발표했다. 이때 〈옛 이야기〉, 〈어느 날〉, 〈축제 이야기〉 등을 출품했으며, 서양화 제작 방법과 스케치 제작 시범도 보였다.

전북 부안에서 연 23회전

2007년 10월 20일부터 11월 20일까지 전라북도 부안군 진서면 운호리 변산반도 길목에 위치한 휘목아트타운·미술관(대표 황선주)이 개관 기념으로 《황용엽의 인간의 이야기》전을 열었다. 2000년 이후의 근작 107점을 발표한 대규모 전시회로, 두터운 볼륨의 도록도 발간했다. 〈삶 이야기〉, 〈나의 이야기〉, 〈어느 날〉, 〈옛 이야기〉, 〈꾸민 이야기〉, 〈여인〉, 〈삶〉, 〈축제 이야기〉, 〈인간〉, 〈모녀〉, 〈여인들〉, 〈축복을 비는 여인〉 등이 이때 선보였다.

미술평론가 오광수는 "어딘가에 얽매여 있던 인간들은 자유로운 몸으로 화면에 출몰했다. 인간을 에워싼 풍경은 더욱 풍요롭고 다감한 내용으로 얼룩졌다. 전반적으로 경쾌하면서 유머러스한 상황을 연출해 보였다"고 평했다.

예술의 전당에서 연 회고전 형식의 24회전

황용엽은 2008년 12월 9일부터 28일까지 한국의 대표적인 종합예술센터인 서울 예술의 전당 내 한가람미술관에서 24회전을 가졌다. 근작 100여 점을 전시했는데, 청색 계열의 여인 형상이 많았다.

미술평론가 오광수는 전시작들의 특징을 "최근작에 나타나는 변모의 양상은 우선 청을 기조로 한 밝은 톤이 화면을 지배하고 있다"며 "무엇보다 인물들이 여인 중심으로 채워지고 있는데 여인들은 가족일 수도 있고, 먼 과거의 추억 속의 대상일 수도 있으며, 아득한 시간의 저 너머에 떠오르는 그리움의 표상일 수도 있다"고 평했다.

국립현대미술관에서 연 25회 회고전

2015년 7월 24일 개막해 10월 11일까지 국립현대미술관 과천관 제1전시실에 열린《황용엽 : 인간의 길》전은 황용엽의 통산 스물다섯 번째 개인전이다. 유화 90점과 스케치 20점이 전시됐는데, 시대별로 배치한 점이 특징이다. 이 전시를 기획한 국립현대미술관 이추영 학예연구사는 "1989년 '제1회 이중섭미술상'을 수상하며 '인간애'를 바탕으로 한 독자적인 작품 세계를 인정받은 황용엽은 1990년대를 통해 한계상황 속 절박한 인간들의 모습에서 벗어나 대자연을 배경으로 기나긴 인생의 여정을 떠나는 구도자求道者 같은 인간들의 모습을 통해 굴곡진 삶을 관조하는 시선을 보여주었다"고 황용엽의 후기 예술을 평했다.

이처럼 1957년에 홍익대 미대를 졸업한 황용엽은 2015년 현재까지 58년간 중단 없이 그림을 그렸다. 그동안 스물다섯 차례나 개인전을 가졌다는 것은 쉬지 않고 작업을 했기에 가능했고, 매회 새로운 것을 시도했기에 평단의 평가와 관객의 호응을 얻을 수 있었다는 것을 말해 준다.

황용엽은 필자와의 인터뷰에서 "최고의 경지에 오르기 위해서는 쉬지 않고 작업을 해야 하고, 작업량이 축적되어야 그 사람의 역량을 평가할 수 있다. 누가 얼마나, 어떻게 작업을 했는가는 전문가들의 눈으로 보면 투명하게 다 보인다"고 말했다.

이 경지에 오르기까지 그는 오로지 그림만 그릴 수 있는 삶을 지향했고, 강인한 체력과 인간이라는 주제를 파고드는 집념으로 아무나 하기 힘든 대기록을 수립했다.

1990년대 작품

그림이 밝아지고
휴먼 드라마를 연출하다

나의 이야기 My Story
1990, 112x145.5cm, 캔버스에 유화

작가의 자전적 이야기를 무대 위에 펼치는 형식의
작품이다. 무슨 이야기인지는 모르나
인물들의 표정이 슬퍼 보이지는 않는다.

마을로 가는 길 The Way to the Village
1990, 116×91cm, 캔버스에 유화

일본의 한 미술관에 소장된 작품으로 나무와 꽃을
장식적인 선묘로 구성한 조형이 재미있다. 우리 고분에서
볼 수 있는 이 같은 색감과 형태를 일본인들은 이색적으로
받아들인다고 작가는 설명했다.

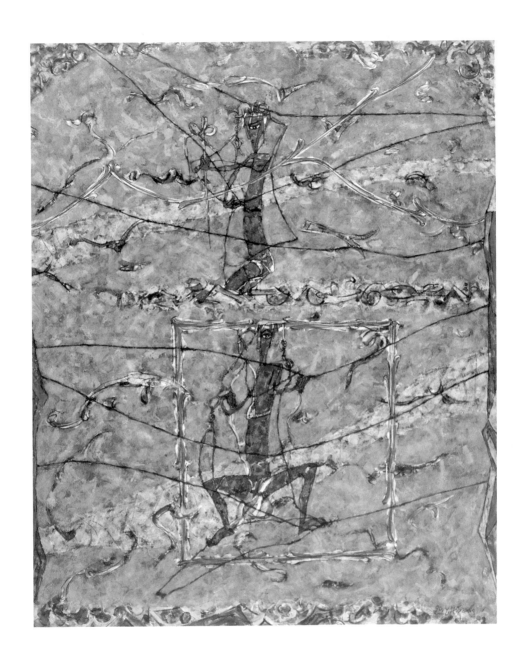

삶 이야기 Life Story
1990, 130x162cm, 캔버스에 유화

이때부터 황용엽의 그림이 밝아지기 시작했고
이야기도 풍부해졌다. 이 작품은 한 편의 연극처럼
작가의 삶을 그림으로 연출하고 있다.

낮과 밤 Day and Night
1990, 194x130cm, 캔버스에 유화

궁중에서 사용했던 병풍 '일월도'의 이미지를 끌어들여 형상화한 대형 작품으로 스케일이 웅대하다.
작가의 대표작으로 손색이 없는, 무르익은 필치와 원숙미를 보이고 있다.

길 Road
1990, 91x65cm, 캔버스에 유화

소재가 특이하다. 도시의 건축들이 황용엽의 인간과
어울려 색다른 분위기를 자아낸다. 작가는 어안렌즈로 본 것
같은 도시의 이미지를 인간과 접목시킨 작품을 몇 점 남겼다.

꾸민 이야기 Affected Story
1990, 65.1x83.3cm, 캔버스에 유화

국제화랑 초대전에 출품했던 작품으로 양손에 새를 든
사람과 자연을 조화시킨 소재가 특이하다. 1990년대 들어
작가는 축제 같은 인간 풍경을 많이 그렸다.

축제 이야기 Festival Story
1990, 227×182cm, 캔버스에 유화

작가의 대표작으로 꼽을 만한 대작으로
구도나 색채의 조화가 뛰어나다. 축제를 소재로 한
스토리텔링도 아기자기하다. 축제 같은 세상을
꿈꾸는 작가의 이상향인지도 모른다.

고향 가는 길 The Way to the Home
1990, 112x162cm, 캔버스에 유화

작가는 1990년대 초 북한의 가족들과 편지 왕래를 통해
가족의 생사를 알게 되었다. 이 작품은 어머니는 작고하고
누님과 남동생은 생존해 있다는 소식을 듣고 그린 것이다.
겉으로는 흥겨워 보이지만 민족의 비극이 아닐 수 없다.

가족 Family
1995, 130x162.2cm, 캔버스에 유화

1989년 조선일보사가 제정한 제1회 이중섭미술상을
수상한 황용엽은 1990년과 1995년 조선일보미술관에서
대규모 작품전을 가졌다. 작가의 전성기로 꼽히는 이 시기의
작품으로 구도가 안정되고 색채도 차분해졌다.

어느 날 One Day
1990, 162x130cm, 캔버스에 유화

국립현대미술관이 소장한 작가의 대표작 중 하나다.
노란색 바탕에 여유로운 인간 형상을 배치시킨
이 시기 작품에는 벽화적 요소와 다양한 문양이
조화를 이루고 있다.

나의 이야기 My Story
1995, 259.1x193.9cm, 캔버스에 유화

북한의 가족 소식을 들은 후 안정을 찾은 작가는
이 시기에 대작들을 많이 완성했다. 이 대작도
한층 원숙해진 시선으로 자연과 인간을 한 편의
드라마처럼 연출했다.

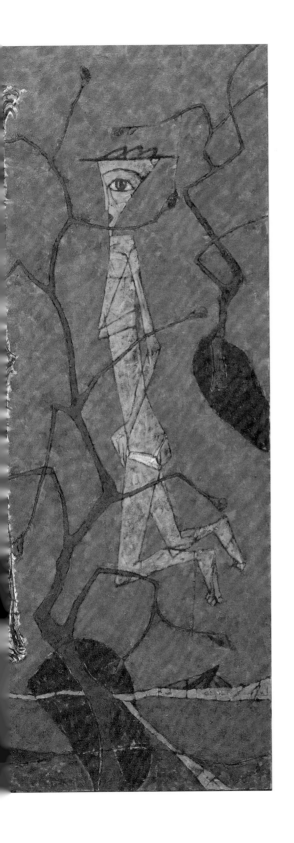

축제 이야기 Festival Story
1996, 227.3×181.8cm, 캔버스에 유화

역시 대작으로 구도가 탁월하고 색감도 차분하다.
작가는 한계상황 속의 고통을 딛고 축제로 가득한
세상 풍경을 그림에 담고 싶었던 것 같다.

어느 날의 이야기 Story of a Day
1998, 259.1x193.9cm, 캔버스에 유화

일월도를 응용한 이 작품은 흑색의 산 형태가
곳곳에 배치되어 황용엽의 작품 중에서는
다소 튀는 분위기를 보이고 있다. 이처럼
작가는 다양한 변화를 시도해 왔다.

인간-금강산 Human-Mt.Geumgang
1999, 162.2x130.3cm, 캔버스에 유화

동아일보 일민미술관이 기획한 '금강산' 테마전에 출품한
작품이다. 황용엽은 금강산 탐방 작가단의 일원으로 금강산을
다녀온 후 그 이미지를 자신의 스타일로 표현했다.

황용엽의
삶

황용엽은 왜 '인간'을 그리는가

화가 황용엽이 왜 〈인간〉을 그렸는가? 그 의문을 풀기 위해서는 황용엽의 삶을 살펴보는 것이 필수다. 그의 삶 중에서도 특히 평양에서 태어나 공산주의를 체험하고 월남하여 국군에 입대했다가 총상을 입고 상이군인으로 제대, 홍대 미대를 다니기 위해 미군부대를 전전하며 초상화 그리는 아르바이트를 했던 1950대 중반까지의 인생 역정을 살필 필요가 있다. 그리고 1980년대 들어 그의 작품 변화와 화가의 삶의 궤적을 대비시켜 보는 것도 화가 황용엽을 이해하는 첩경이 될 수 있다. 황용엽의 삶은 최근 출간한 자서전 『삶을 그리다』를 참조해 정리한 것이다.

평양시 신양리에서 태어나다

황용엽은 1931년 12월 18일 평양시 신양리 184-11에서 아버지 황병일黃炳一과 어머니 최재일崔在一의 4남1녀 중 넷째로 태어났다. 본래 6남매였지만 큰누님이 어릴 때 죽어서 5남매가 된 것이다. 어머니가 황용엽을 낳고 유방 절제 수술을 받는 바람에 황용엽은 이웃에 사는 유모의 젖을 먹으며 네 살 때까지 유모 손에서 자랐다.

황용엽이 남산 소학교를 다닐 때만 해도 집안 형편은 괜찮은 편이었다. 그런데 해방 후 북한에 김일성 정권이 들어서 토지를 빼앗기고 기독교가 탄압을 받으면서 가세가 기울었다. 아버지는 만주와 일본 등지에서 사업을 했는데, 황용엽이 어렸을 때 새로 가정을 꾸려 1946년 월남해 버렸다. 아버지가 부재한 상황에서 어머니가 행상을 해가며 자식들을 키웠다.

황용엽 가족은 해방 직전 평양 집이 헐려 평남 강서면으로 이주했다. 그곳에서 강서중학교를 다니던 황용엽은 공산체제가 되어 학제가 변경되는 바람에 중·고등 학교 과정을 4년 반 만에 마쳤다.

위로 형님 두 분은 황용엽과 같은 시기에 월남했지만 누이와 남동생, 그리고 일본인인 큰형수는 어머니와 함께 북에 두고 와야 했다. 황용엽은 자서전에서 어머니와 유모네 가족에 대한 그리움을 여러 차례 언급했다. 화가가 되면 가난하다고 걱정하면서도 늘 처마 밑에서 자신의 모델이 되어주곤 하던 어머니에 대한 사모곡은 너무도 애틋하다. 생사를 알 수 없는 유모네 가족들에 대한 기억도 유별나다.

그는 "유모 부부는 친자식처럼 나를 돌봐주었고, 어느 때는 자기 자식보다 더 잘 해주었다. 나의 성장 과정에 많은 영향을 주었고 고비 때마다 내게 힘이 되어 준 유모네 가족들은 그래서 더 애틋하고 그립다"고 말했다.

평양미술학교에 입학하다

황용엽은 열여덟 살 때인 1948년 9월 평양미술학교에 입학했다. 이듬해 평양미술대학으로 개명한 이 학교는 북한 유일의 4년제 국립미술대학이었다. 당시 평양미술대학은 김주경 학장을 비롯해 길진섭·문학수·조병규·나찬돈 등 일본 유학파들로 교수 진용을 갖추고 있어서 황용엽은 데생 등의 기초 교육을 탄탄하게 받을 수 있었다.

그러나 교육 환경은 열악했다. 물감과 붓이 귀했고 종이 질도 형편이 없었다. 연필이 없어 나무를 꺾어다 연탄불에 구워 목탄을 만들어 써야 했다.

더 힘든 것은 이념교육이었다. 북한 정권은 감시 체제와 통제를 강화하여 그 여파가 대학에도 미쳤다. 미술대학에도 민청 위원을 투입해 공산당 조직을 구축했다. 교내에서도 볼 자유, 들을 자유, 표현의 자유가 없어 그림도 사회주의 리얼리즘에서 조금만 벗어나도 자아비판을 해야 했다. 어떤 학생이 대상을 변형하여 그렸다가 혹독한 비난을 받았다고 황용엽은 회고한다.

북한에도 국전 같은 전람회가 있었는데, 출품작들은 먼저 당의 검열을 받아 사상이 안 좋으면 그대로 낙선이고 여기서 통과된 작품들만을 비로소 화가들이 심사하는 방식이었다고 했다. 실제로 어느 작가가 아기 젖먹이는 엄마의 모습을 그려 출품했다가 모성애·휴머니즘이 있다는 이유로 호된 비판을 받았다고 한다. 모성애는 어버이 김일성에게만 있는데 그 따위 그림을 왜 그리느냐며 사상까지 의심하더라는 것이다.

공산 치하에서의 억압된 생활

평안도는 기독교가 전래된 지역이어서 평양 역시 교세가 강했다. 황용엽의 집안도 기독교 신자여서 북한 정권의 탄압을 받았다. 학생 신분임에도 보안서원의 감시를 받고 가택수색도 당했다. 구속이 많고 감시가 심하자, 1949년 말 친구들과 함께 월남하려고 해주까지 갔다가 경계가 심해 돌아온 일도 있었다. 그때 북한은 기차로 군수물자를 38선 쪽으로 실어 나르며 전쟁 준비를 했다는 것이다.

황용엽은 해방 후부터 6·25전쟁이 나던 해 말까지 공산 치하에서 5년을 살았는데, 그 기간이 악몽 같았다고 했다. 매일 반상회를 열어 학습지도나 선전을 해대는데 안 나가면 반동으로 몰아 꼼짝 못하게 했다는 것이다. 평양 대로에 확성기를 설치해 놓고 하루 종일 김일성을 찬양하는 선전선동을 하여 전 국민을 세뇌했다는 것이 황용엽의 증언이다.

그는 인터뷰 때도 자유를 누리는 남한 사람들이 북한 체제를 옹호하는 현상을 이해할 수가 없다고 말했다. 신상옥 감독이나 KAL기 폭파범 김현희의 증언처럼 북한은 꼭두각시 같은 사회이고 체제를 거스르면 증발시켜 버리는 무서운 조직이라는 것이다. 미술을 전공하는 황용엽에게 이 같은 북한 사회의 억압, 특히 말하고 듣고 볼 자유가 없는 체제는 견디기 어려웠다.

6·25전쟁과 5개월의 도피 생활

1950년 6월 25일 전쟁을 일으킨 북한 정권은 무차별적으로 인민군을 차출했다. 고등학생까지 잡아다 인민군대로 보냈다.

북한 체제에 염증을 느낀 황용엽은 인민군으로 가기 싫어 도피 생활을 하기 시작했다. 처음에는 집과 인근에서 숨어 지내다 단속이 심해지자 산속으로 피신했다. 그런데 굶주림도 참기 힘들었지만 9월로 접어들자 한기가 돌아 산속에 더 이상 머물 수가 없었다. 마을로 몰래 내려와 추수한 볏단 속에서 새우잠을 자기도 하고, 빈집의 닭장에서 자기도 했다.

추위와 굶주림보다 더 무서운 것은 불안과 공포였다. 전시의 병역기피는 총살감이었다. 여름부터 겨울까지 몇 달을 피해 다니며 죽을 고비를 여러 차례 넘겼다. 한번은 밤중에 길을 가다가 단속요원의 담뱃불 덕에 피신한 적도 있었고, 고등학교 동창생을 연행하는 보안서원 앞에서 과일 먹는 행인 연기를 해서 가까스로 위기를 모면한 적도 있었다.

보복 현장에서 목격한 인간의 잔혹성

국군과 유엔군이 평양까지 북진하자 후퇴하던 인민군들이 블랙리스트에 올라 있는 인사들과 기독교인을 무차별적으로 사살했다. 가족 중에 피해를 안 당한 집이 없을 정도로 희생자가 많았다. 그들의 만행을 보고 눈이 뒤집힌 주민들이 처절할 정도로 보복을 가했다. 인민군이 후퇴할 때 미처 피신하지 못한 공산당 간부들을 백주 대낮에 잡아다 길에서 몽둥이와 발길질을 하여 때려 죽였다. 옷을 벗기고 전신줄로 묶고는 불로 지져서 죽이기도 했다. 철사로 몸을 꽁꽁 묶으면 피가 통하지 않아 하반신은 마비가 되어 버린다. 소름이 끼칠 정도로 그 수법이 잔인하고 끔찍했다. 전쟁의 와중에서 그 광경을 목격한 황용엽은 그때의 충격이 뇌리에서 결코 지워지지 않는다고 했다.

지하실에 집단 감금되는 고통 겪다

그러던 어느 날, 황용엽은 평양 시내에서 보안서원들의 단속에 걸려 붙잡혔다. 저들은 300명가량 되는 젊은이들을 어느 건물 지하에 몰아넣고는 꼬박 3일을 억류시켰다. 배가 고픈 건 둘째치고 목이 말라 견디기가 힘들었다. "지하의 밀폐된 공간에 수백 명이 갇혔으니 공기가 탁해 더 목이 탔던 것 같다"고 황용엽은 술회했다.

그렇게 3일 낮과 밤을 뜬눈으로 지새다가 겨우 풀려나자, 갇혔던 사람들은 일제히 수돗가로 달려가 물을 마시고 머리를 적셨다. 그때 자유를 억압당한 구속이 얼마나 고통스러운가를 체험했다.

대동강 건너 남으로 향하다

1950년 11월 중공군이 압록강을 건너 남진하자 유엔군이 후퇴하기 시작했다. 12월로 접어들자 미군의 군사장비가 남으로 이동하는 길을 따라 수많은 피난민 행렬들이 그 뒤를 따랐다.

인민군으로 가지 않으려고 5개월 동안 도피 생활을 했던 황용엽은 더 이상 북한에 머물 수 없다고 판단하고 월남하기로 결심했다. 떠나기 전날, 황용엽은 평양의 유모네 집에서 하룻밤을 잤다. 강서의 어머니에게는 인사도 드리지 못했다. 며칠, 아니 몇 주 있다가 다시 집으로 돌아올 것으로 생각했던 것이다. 그런데 그 며칠이 60년을 훌쩍 넘기고 말았다. 어머니와 누이, 남동생과 영영 이별을 하고 만 것이다.

황용엽은 정든 고향과 가족을 북에 두고 1950년 12월 3일 대동강을 건너 남하하기 시작했다. 대동강 철교가 파괴되어 부교로 가까스로 대동강을 건넜는데, 그 부교마저 그가 건넌 다음 날 끊겼다. 황급히 월남하는 바람에 어머니를 비롯한 가족들의 사진, 특히 자신을 끔찍이 보살펴 준 유모 사진 한 장 없는 것을 황용엽은 늘 아쉬워했다.

고난의 피난길 7일

황용엽은 대동강 남쪽에 살던 큰형님과 당시 만삭이던 큰형수와 함께 피난길을 떠났다. 제대로 먹지 못하는 데다 밤에만 산을 끼고 이동하다 보니 하루에 40리도 가지 못했다. 빈집을 뒤져 밥을 어쩌다 해먹기도 했으나 추위와 배고픔으로 한계상황을 헤매기 일쑤였다. 황주에 다다랐을 때 만삭의 형수는 도저히 더 이상 갈 수가 없었다. 할 수 없이 민가에 돈을 좀 주고 형수를 잘 돌봐 달라고 부탁하고는 큰형님과 둘이서 다시 피난길에 올랐다.

사리원에서 둘째 형님을 우연히 만났다. 피난 코스가 달랐는데 난리 북새통이나 다름없는 피난길에서 삼형제가 천우신조로 만난 것이다. 사리원역에서 화물차 지붕에 올라탄 삼형제는 개성 못 미처에서 내려 송악산을 넘어 개성으로 갔다. 천신만고 끝에 38선 근방까지 온 것이다.

개성에서는 선죽교도 돌아보고 잘 쉬었는데, 며칠 지나자 개성도 위험하다는 소문이 돌았다. 삼형제는 다시 피난민 대열에 끼었다. 남으로 가려면 임진강을 건너야 했다. 하지만 나룻배는 하나이고 행렬이 길어 언제 배를 탈 수 있을지 까마득했다. 가까스로 배를 타긴 했으나 제복 입은 경찰들에게 소지품을 다 뺏기고 말았다.

그래도 다행히 임진강을 건너 문산에서 서울로 가는 화물 트럭을 만나 수색까지 갈 수가 있었다. 거기서 또 나룻배로 한강을 건너 여의도 모래밭에 내렸다. 모랫밭을 한없이 걸어 당도한 곳이 영등포였다. 평양을 떠난 지 1주일 만에 서울에 마침내 도착한 것이다.

영등포에서 장사로 연명하다

삼형제는 도림동에 있는 어느 빈집에 들어가 기거하면서 장사를 시작했다. 처음에는 역 앞에서 엿장수를 했다. 그런데 장사를 해본 적이 없는 탓에 "엿 사세요!" 하는 소리가 좀처럼 입 밖으로 나오지 않았다. 엿장수가 시원찮아 곶감을 떼다 팔기도 하고 사과 장사를 하기도 했다.

장사 시작한 지 며칠 안 되었을 때 중공군이 밀고 내려와 또다시 피난을 가야 했다. 하지만 갈 곳이 없어 막막했다.

국군에 입대, 상이군인으로 제대하다

황용엽은 1950년 12월 18일 자신의 생일날 국군에 입대했다. 인민군과 목숨 걸고 싸우겠다는 결심도 작용했지만 밥이라도 제대로 먹을까 해서였다. 길거리에서 실향민 상대로 모병을 할 때여서 특별한 절차 없이 군 트럭에 올라탔다.

욕설과 기합이 난무하는 남한에서의 병영 생활은 황용엽에게 문화적 충격의 연속이었다. 군에 적응하는 데 몇 개월이 걸렸다고 그는 회고했다.

훈련도 제대로 못 받고 청평 부대에 배치됐으나 또다시 후퇴 명령이 내려져 여주로 이동했다가 매서운 추위를 뚫고 한없이 걸어 박달재에 도착해 진을 쳤다.

1951년부터 인해전술로 밀고 내려오는 중공군을 막기 위해 치열한 전투가 벌어졌다. 그해 4월 황용엽은 전투 중에 다리에 총상을 입었다. 총알과 파편이 오른쪽 무릎 위에 박힌 것이다. 위생병의 임시조치를 받은 황용엽은 경주 5육군병원으로 후송되었다. 그러나 후송자가 많아 응급처치만 받고 마산 6육군병원으로 다시 이송되었다. 그곳에서 그는 비로소 수술을 받고 7개월가량 치료를 받았다. 무릎에 쇠를 박아 고정시키는 수술을 받은 황용엽은 깁스한 다리를 병상 천장에 매달고 쇳덩이 무게로 힘줄을 늘리는 힘겨운 물리치료를 받아야 했다.

그런데 한여름에 병상에 누워서만 지내다 보니 깁스한 다리의 살이 빠지면서 생긴 틈에서 이가 들끓기 시작했다. 살충제인 DDT를 뿌렸으나 죽기는커녕 덩어리째로 떡 진 이 떼가 스물스물 기어나왔다. 정말 끔찍했다. 이가 들끓는 바람에 며칠 밤을 새고 나니 신경이 곤두서 죽을 지경이었다. 군의관에게 깁스를 풀어 달라고 했으나 나중에 다리 병신이 될 수도 있다면서 안 된다는 것이었다. 하지만 싸우다시피 해서 깁스를 잘라냈다. 그랬더니 이와 서캐가 범벅이 된 허연 덩어리가 쏟아져 나왔다. 인터뷰 때 황용엽은 이들에 물린 발목의 상처를 보여주었다. 그야말로 전쟁이 빚은 참상이 아닐 수 없다.

치료가 끝나고 검사를 해보니 총상 입은 다리를 물리치료로 5cm가량 늘렸는데도 왼쪽 다리보다 1.5cm가 짧았다. 군의관에게 재수술을 부탁했더니 평양 출신의 군의관은 다시 수술하면 더 악화할 수도 있다며 활동하는 데 큰 불편이 없을 테니 염려 말라고 했다. 그의 말대로 등산과 테니스를 할 수 있을 정도로 일상생활에 큰 지장은 없었다.

병원에 있는 동안 살고자 하는 의지가 엄청나게 강했다고 황용엽은 회고했다. 그때만큼 삶의 소중함을 느낀 적이 없다는 것이다. 그는 자서전에서 "총상을 입고 군병원에서 치료를 받으며 느꼈던 생의 의욕과 삶의 가치, 이런 것들이 오늘의 나를 있게 한 원동력이 되었고, 내 그림의 원천이 되었다"고 말한다. 1952년 7월 5일 그는 상이군인이 되어 제대했다.

양키 물건 장사하다 인천에 초상화 가게 차리다

황용엽은 제대 후 큰형님이 있는 영등포로 가서 양키 물건 장사를 시작했다. 시장에 접이식 좌판을 펴놓고 미군부대에서 나온 담배와 맥주, 버터, 치즈, 조림 캔 등을 파는 일이었다. 장사는 잘 됐으나 미군 MP가 뜨면 잽싸게 도망쳐야 하는 것이 힘들었다.

큰형님 제안으로 사업은 커졌으나 황용엽은 홀로 서고 싶어서 큰형님 밑에서 나왔다. 그 무렵 둘째 형님도 군속을 그만두고 일자리를 찾고 있었다. 무엇을 할까 고민하다가 생각해 낸 것이 간판 그리는 일이었다. 가게를 얻으러 다니다가 길에서 우연히 위상학偉相學이란 분을 만났다. 일본에서 초상화를 전공하고 북에서 김일성 초상화를 그려 대우받던 예술가였으나 북한 체제가 싫어 월남한 분이었다. 그가 영등포역 앞에서 직원 대여섯 명을 두고 초상화 그리는 가게를 하고 있었다. 가게에 들어서자마자 그는 황용엽에게 사진 한 장을 내주며 그려 보라고 했다.

사진은 실오라기 하나 걸치지 않은 절세미인의 누드였다. 나중에 알았지만 미국의 유명한 육체파 배우 마릴린 먼로였다. 다섯 시간에 걸쳐 미군부대에서 나온 벨벳 천에 세밀하게 누드를 그렸더니 그분이 "이만하면 됐다"며 벽에 걸어 두라고 했다. 다음 날 미군이 들어와 마릴린 먼로의 누드화를 보더니 "원더풀!"을 연발하며 무려 6달러나 내고 그 그림을 사갔다고 한다. 당시 하루 종일 노동한 임금이 1달러였으니 엄청 큰돈이 아닐 수 없었다.

초상화 그리는 일은 수입이 짭짤했으나 비좁은 가게에서 더부살이하는 게 부담스러워 독립하겠다고 하자, 위상학은 대뜸 "인천으로 가라"고 했다.

형제는 인천 항만우체국 앞에 있는 가게를 세내어 포트레이트 샵(초상화 가게)을 차리고 일을 시작했다. 둘째 형님은 얼마 지나지 않아 결혼을 하면서 가게를 그만두었다.

인천 가게는 미군이 많이 왕래하는 덕에 일거리가 많았다. 게다가 나중에 헌병 통역관을 알게 되면서 돈을 제법 모을 수 있었다. 황용엽은 돈을 벌면 형님들을 돕고 집도 살 요량이었다. 그는 서울에 나가 친구 도움으로 지금의 을지로4가 쪽에 있는 큰 기와집을 흥정해 놓고 인천으로 내려왔다.

그런데 1953년 2월 17일 정부의 2차 화폐개혁 발표로 그동안 모았던 돈이 물거품이 되고 말았다. 그는 한동안 패닉 상태에 빠졌다. 이 일은 그가 장사해서 큰돈을 벌겠다는 생각을 접게 한 계기가 되었다.

홍익대 미대에 편입하다

1953년 10월 정부가 서울로 환도하면서 피난지에서 임시 개교했던 대학들이 서울로 올라오기 시작했다. 이 소식을 들은 황용엽은 불현듯 공부를 다시 해야겠다는 생각이 들었다. 평양미술대학을 다니다 왔으니 우선 서울에 미술대학이 어디 있는지 알아보았다.

국립인 서울대학교에 미술대학이 있다는 얘기를 듣고 연건동 미대 캠퍼스를 찾아갔다. 그러나 편입 계획이 없어 다음 해에 입학해야 한다는 데다

배편으로 피난 온 평양미대 동기들이 1학년으로 다니고 있어 그들의 후배가 되는 것이 영 내키지 않았다.

누군가 사립대학에 가보라고 했다. 북한에는 사립이라는 말이 없어 생소했지만 종로구 누상동에 있는 홍익대 미술대학을 찾아갔다. 평양미대 교수들을 알고 있는 미대 교수들이 그들의 근황을 물었고, 간단한 실기 테스트를 거쳐 편입을 허락받았다.

그런데 사립이라 등록금이 만만치 않았은 데다 2학년 편입인데도 1학년 등록금을 다 내야만 입학할 수가 있었다. 어렵게 다시 공부를 시작했으나 등록금을 내고 나니 빈털터리가 되어 끼니를 때우기조차 힘들었다. 길에서 파는 호떡이나 고구마로 허기를 달래고 가끔 꿀꿀이죽으로 배를 채우곤 했다. 거처도 친구 집을 전전하는 등 일정하지 않았다.

만사를 제치고 아르바이트를 해야 했다. 다행히 초상화를 잘 그렸기에 전방에 있는 미군부대를 찾아가 초상화 그리는 일을 할 수 있었다. 방학 때면 문산·포천·일동·이동·봉일천·용주골 등 서부전선에 있는 미군부대를 돌며 PX에 들어가 미군들을 앉혀 놓고 초상화를 그려 주거나 그들이 건넨 사진을 보고 초상화를 그려 주는 주문을 받았다.

미군 영창 '몽키하우스'에서의 충격적 체험

한번은 일거리를 맡았던 미군부대가 연천 방면으로 이동했다는 이야기를 듣고 사진을 돌려주기 위해 수소문하여 찾아갔다. 당시 미군부대는 도보로는 이동이 아예 불가능했다. 그는 길목에서 미군 짚차가 오는 것을 기다렸다. 한참 만에 짚차 한 대가 나타나길래 초상화를 보여주며 태워 달라고 부탁했더니 타라고 했다.

그런데 미군은 목적지 부대 앞길에 황용엽을 떨궈 놓고는 다른 길로 가

버렸다. 얼마 후 미군 헌병이 와서 그를 부대 사무실로 데려갔다. 거기서 그는 돈도 받지 못하고 초상화와 사진만 주고는 다시 미군 헌병대로 끌려 갔다. 부대에서 부대로의 이동이 금지되어 있는데 그 규정을 위반하고 월 경했다는 이유에서였다. 결국 황용엽은 헌병대 조사를 받고 야전 영창에 갇히는 신세가 되고 말았다.

미군들은 그 영창을 '몽키하우스(원숭이집)'라고 불렀다. 미군 영창이지만 미군은 사실 몇 안 되고 불법으로 미군부대 영내에 들어오거나 미군 상대 로 장사를 하다 잡혀온 한국인이 대부분이었다. 남자가 30여 명, 여자가 50 여 명 수용되어 있었는데, 가운데를 막아 남녀를 구분하였다.

황용엽은 이 수용소에서 볼 꼴, 못 볼 꼴을 다 보아야 했다. 철조망 내 남 녀 막사는 가운데 벽이 처져 있음에도 불구하고 온갖 욕과 상소리가 난무 했다. 더욱이 밤이 되면 몽키하우스는 그야말로 아수라장으로 변했다. 미 군 헌병들의 감시에도 아랑곳하지 않고 남자 수용자들이 천막 밑으로 땅굴 을 파고는 여자 수용소로 가서 섹스파티를 벌였던 것이다. 밤의 몽키하우 스는 모든 것이 돈으로 해결되는 인육시장을 방불케 했다.

경직된 북한 사회에서 살다 온 황용엽에게 이런 난잡한 밤의 세계는 혼 란과 충격 그 자체였다. 인간의 존엄성은 무너지고 본능만이 꿈틀대던 수 용소 체험은 그 후로도 악몽처럼 가끔씩 되살아나곤 했다고 한다.

일주일 후 황용엽은 한국 경찰에 넘겨져 포천경찰서로 갔다가 수원경찰 서로 이송돼 그곳에서 조사를 받고 풀려났다.

청춘 구가했던 홍대 미대 학창 시절

황용엽이 홍대 미대에 다닐 때 수화樹話 김환기, 조각가 윤효중, 큰아버지 와 동창인 서양화가 이종우, 이봉상, 한국화의 대가인 청전靑田 이상범 선생

등이 전임교수로 후학을 지도했다. 강사진도 화려했다. 서양화의 주경, 유영국, 이응로, 한묵, 손응성, 김영주 등이 실기를 담당했다.

당시 홍대는 교수들이 자기 화풍을 따르기를 고집하지 않고 자유분방한 사고로 창의력을 발휘할 수 있게 이끌었다고 황용엽은 자서전에서 다음과 같이 밝혔다.

> "김환기 선생님은 특정한 사조를 가르치기보다는 감성 위주로 보이지 않게 우리들에게 영향을 주었다. 실기 시간에 학생들의 그림을 보시고 '이러면 되겠어?' 하는 정도였다."

미술사는 미술평론가이자 훗날 국립현대미술관장을 지낸 이경성 선생이 가르쳤고, 한국사는 국립박물관장을 지낸 최순우 선생이 강의했다. 특이한 점은 현대미술사 강의를 이형표 영화감독이 했다는 것이다. 그는 일찍이 선전(鮮展 : 조선미술전람회)에 입선한 서양화가인데, 소설도 썼고 촬영·편집도 한 팔방미인이었다. 그는 현대미술의 축이 유럽에서 미국으로 옮겨갈 것이라고 강조했다.

홍대 미대 동창으로는 조각가 김찬식, 최기원, 배형식 등이 있다. 김영중, 필주광, 정건모, 김종휘, 수화의 사위 윤형근, 청전의 아들 이건걸 등도 홍대에서 수학한 동문들이다. 졸업한 선배로는 홍대 미대 학장을 지낸 박서보, 후배로는 하종현 등이 있다.

황용엽은 홍대 미대 3학년 때 국전에 출품해 입선했다. 그러나 4학년 때 국전에 출품했으나 낙선했다. 그 후 그는 국전과 결별했다. 경복궁 미술관에서 열린 홍대 미대 졸업미전에서 황용엽은 최고상인 '홍대 미대 학장상'을 받았다.

홍대 시절 잊지 못할 또 하나의 기억은 유학 기회를 놓친 일이다. 졸업반 때 이종우 교수가 미국 대학에 유학할 수 있는 스칼라십(장학금)이 있으니 도전해 보라고 했는데, 용기도 나지 않고 가진 것도 뿌리도 없어 포기했던 것이다. 그는 그때 포기한 것을 평생 후회했다.

졸업 직전에는 윤효중 교수가 세운 도자기 회사에서 디자이너로 일하기도 했다. 황용엽은 1957년 3월 마침내 홍익대 미대를 졸업했다. 축하해 줄 가족도 없이 졸업장을 받아들었을 때 만감이 교차했다고 그는 술회했다.

인천고 미술교사로 사회에 첫 발 내딛다

홍대 미대를 졸업하고 인천고 미술교사(1957~1959)로 교단에 선 황용엽은 이후 서울 보성여고(1959~1963)와 경희여고(1963~1964), 그리고 한동안 화실을 운영하다가 숙명여고(1967~1978)를 끝으로 교단에서 물러났다.

인천고 교사로 재직할 때 그림을 시작했지만 생활이 안정되지 않아 본격적으로 그리지는 못했다. 학생들과 함께 주변 인물과 풍경을 스케치하거나 수채화를 그린 정도이다. 화실을 정리하다가 '1958년 6월'이라고 쓰인 스케치 노트가 나왔는데, 인물 데생과 풍경 스케치들이 담겨 있어 감회를 새롭게 했다.

서울로 와야 화가로 활동하기 좋을 것 같아 보성여고로 옮겼지만 여건이 여의치 않았다. 해방촌에서 자취도 하고 하숙도 하며 본격적으로 그림을 그리기 시작했으나 이사를 자주 다니느라 당시 어렵게 그렸던 초기 작품들은 보관을 제대로 못해 유실되고 말았다. 경희여고에서는 여러 가지 여건이 맞지 않아 1년을 못 채우고 퇴직했다.

1960년에 결혼, 자식 넷을 두다

황용엽은 1960년 4월 5일 네 살 아래인 이정희李正姬와 서울 영락교회에서 한경직 목사 주례로 결혼식을 올렸다. 평양에서 내려온 아내는 영락교회를 세우는 데 큰일을 한 집안의 딸로 숙명여대 가정과를 다니다가 중퇴하고 아이 키우며 남편 뒷바라지를 했다.

이들 부부는 1961년 큰아들 연演, 1962년 큰딸 연숙演淑, 그리고 1966년 둘째 딸 연경演京과 둘째 아들 훈薰을 쌍둥이로 낳았다. 아내 혼자 아이 넷을 키울 수 없어 막내아들은 처가로 보내 거기서 세 살까지 자랐다.

퇴계로에서 미술학원 하며 그림 그리다

아이를 키우려면 수입이 좀 더 늘어야 했다. 1964년 친구 둘과 함께 퇴계로에 정식으로 삼청미술연구소라는 학원을 차렸다. 미술학원이 몇 군데 없던 시절이라 단기간에 수강생이 몇십 명으로 늘었다.

학원을 하면서부터는 안정적으로 그림을 그릴 수 있었다. 낮에는 그림을 그리고 밤에는 수강생을 지도하는 고된 일상이었지만, 미술학원을 한 덕분에 1965년에 첫 개인전을 열 수가 있었다.

그러나 신경 쓰이는 데가 많아 3년쯤 하다가 문을 닫았다. 아이가 넷으로 늘자 다시 청진동에 화가 장성순과 화실을 차리고 미대 입시생들을 지도했다. 서울대 미대를 나온 장성순과는 15년 이상을 함께 일했다.

숙명여고 미술교사로 본격적인 작품 활동 시작하다

청진동에서 화실을 하며 숙명여고에 강사로 나갔는데 1967년 전임이 되었다. 당시 숙명여고는 예술가들을 우대해 웬만한 대학보다 나은 여건에서 작품 활동을 할 수 있었다.

숙명여고에서 미술교사를 하면서 황용엽은 그림에 정진할 수 있게 되어 매년 개인전을 열 수 있었을 뿐만 아니라 생활도 안정됐다. 그는 교내의 큰 방 두 개를 화실로 쓸 수 있어 토요일·일요일은 물론 방학 때도 학교에 가서 그림을 그렸다. 숙명여고에서 11년 재직하다가 1978년 사표를 냈다. 전업 작가가 되기 위해서였다.

사당동 예술인마을에 터 잡다

황용엽은 한국예술문화단체총연합회(이하 예총)와 서울시 주관으로 1969년 서울 관악구 남현동에 조성된 예술인마을에 입주하면서 남한에 뿌리를 내렸다. 평양에서 월남하여 셋집을 전전하던 그가 미술협회 회원 자격으로 1차로 신청해 입주 자격을 얻게 된 것이다. 그는 자서전에서 "해방 직후 재산 뺏기고 이북에서 피난 나와 근거가 없던 내가 애들을 키우고 그림을 그릴 수 있는 공간을 마련했으니 감회가 서리지 않을 수 없었다"고 밝혔다.

처음에는 예술인마을 전체가 20평형 국민주택이었다. 방 3개, 마루와 화장실을 갖춘 가정집이었다. 국민주택에서 10년을 살다가 2층으로 증축했다. 아래층의 살림집을 늘리고 2층에 염원하던 화실을 마련한 것이다.

1988년에는 지금의 4층 건물을 신축했다. 미술관을 할 수 있도록 기둥을 없애고 천장을 높게 만들었으며 아주 탄탄하게 지었다. 어렵게 건물을 완공했으나 개인이 미술관을 하기는 어려웠다. 한때 독서실을 운영하기도 했으나 여의치 않아 지금은 문을 닫고 1층은 살림집, 4층은 화실로 쓰고 나머지는 임대하고 있다.

1980년 파리에 머물며 유럽 미술기행을 하다

1978년 숙명여고를 그만두고 전업 작가가 된 황용엽은 재충전을 하기 위해 유럽 여행을 준비했다. 외국 화가나 미술관에 대해 책으로만 공부해서 실체를 보고 싶기도 했지만, 더 실질적인 이유는 작품을 하면서도 어디쯤에서 손을 떼어야 할지 감이 잡히지 않아 현지에 가서 그 답을 찾아야겠다는 생각이 더 컸기 때문이다. 때마침 파리 세르마디라스 국제미술연감사 초청을 받게 되어 프랑스 파리로 갔다. 그는 대학생 기숙사인 시테에 여장을 풀고 파리 미술계를 돌아보았다.

황용엽은 화가라면 누구나 선망해 온 파리에 정착해서 공부도 하고 화가로 인정받고 싶은 생각이 없지 않았다. 그러나 파리의 여러 화랑과 미술계 상황을 살피고 내린 결론은 한국에서 세계적 화가가 될 수 있도록 최선을 다하자는 것이었다. 파리에서 유명 화랑의 초대를 받기란 하늘의 별 따기만큼이나 어렵고, 전속이 된다고 해도 3년쯤 작품 활동을 지켜보고 또다시 3년 후에나 전시회를 열어 준다는 사실을 알고는 현지 작업이 불가능하다고 판단한 것이다.

유럽 미술기행은 프랑스에서 출발해 스페인을 거쳐 노르웨이, 핀란드, 스웨덴, 덴마크 등 북유럽으로 이어졌다. 중부 유럽은 네덜란드, 독일, 스위스를 다녔다. 이탈리아는 파리에 머물 때 조각가 문신과 함께 여행했고, 이집트는 따로 둘러보았다.

귀로에는 일본 도쿄에 들러 미술관들을 순례했다. 유럽 미술기행에 대해 황용엽은 자서전에 "내가 책으로 공부한 유명 화가들의 작품을 보면서 눈이 트이는 것 같다고 할까, 화가로서 많은 부분을 느끼고 체험했다. 혼자 그리면 어느 선에서 멈춰야 할지를 책으로만 봐서 모르겠는데 유럽 여행을 하며 여러 미술관, 박물관에서 많은 작품을 보니 어느 선에서 멈춰야 할지 감이 잡혔다"고 밝혔다.

파리에서 목격한 광주 유혈 사태 작품화

북한 체제를 견디다 못해 월남한 황용엽은 그동안 현실참여나 민중미술 운동에는 관심을 두지 않았다. 그러나 1980년 파리 체류 중 현지 방송을 통해 광주 유혈 사태를 알게 된 그는 단 한 차례 현실에 대한 발언을 작품으로 남겼다. 자서전에서 그는 "외국에서 광주사태의 진상을 보고 그림으로 기록하고 싶었다. 화가로서 안 그릴 수가 없었다"고 술회했다.

군중들의 저항을 강렬한 색채와 빠른 속도의 필선으로 표현한 작품들은 1982년 신세계백화점 화랑에서 연 11회 개인전에서 발표했다. 반응은 찬반으로 엇갈렸다. 이에 대해 황용엽은 "내 그림 인생으로 보면 외도라고 볼 수도 있으나 나는 당시의 작업을 잘했다고 생각한다"고 밝혔다.

이러한 계열의 작품들은 국립현대미술관에서 열린 《황용엽 : 인간의 길》전에서는 벽에서 떼어내어 독립공간에 설치 형식으로 전시했다.

시카고 개인전 작품, 뉴욕에서 솔드아웃

황용엽은 평생 자신의 그림을 적극적으로 팔지 않았다. 생계를 위해, 또는 다음 작품전을 열기 위해 일부를 팔기는 했으나 팔기 위해서 그림을 그리지는 않았다. 청진동에서 화실을 할 때 상류층 자제들이 많아 개인전 작품을 팔 수도 있었으나 그는 그 기회를 이용하지 않았다.

그런데 1989년 시카고 로이드신 갤러리 초대로 개인전을 할 때 출품한 유화 20점이 뉴욕에서 모두 팔렸다. 로이드신 갤러리와는 1988년 12월 LA 아트페어에도 참가했는데, 그때 출품했던 작품 14점도 모두 팔렸다.

이것은 황용엽의 작품이 대중성·작품성도 있다는 의미로 풀이할 수 있다. 상업적으로 팔려고 했으면 팔릴 수 있는 작품이었는데 팔려고 하지 않았다는 뜻이다.

사간동으로 이전한 국제화랑에서 첫 초대전

서울 종로구 인사동에서 작은 규모로 출발한 국제화랑은 1989년 사간동 현재의 화랑으로 이전하여 첫 전시를 황용엽 초대전으로 장식했다. 작고 화가 김흥수의 추천으로 이뤄진 개관전이었다.

황용엽은 1회부터 7회 개인전까지 중앙공보관 화랑, 한국문화예술진흥원 미술회관 등 비영리 공간에서 작품을 발표했으나 1979년부터 1981년까지 동산방화랑 초대전을 하면서 상업 화랑에 진출했다.

국제화랑 초대는 그가 상업 화랑 작가로 나아갈 수 있는 기회였으나 몇 가지 이유로 중도에서 멈추었다. 이 무렵 황용엽은 샤머니즘과 전통 문양을 작품에 끌어들여 이전의 작품들과는 확연히 구분되는 절정기의 작품들을 발표했다. 황용엽은 국제화랑 초대 전시회를 하고 있던 중에 조선일보로부터 제1회 이중섭미술상 수상자로 선정되었다는 통보를 받았다. 수상에 힘입어 전시 작품 대부분이 팔렸다.

이후 국제화랑과는 1990년 LA아트페어 참가, 1993년 작은 그림전, 1998년 향수전 등을 가졌다.

1989년 제1회 '이중섭미술상' 수상

이중섭미술상은 생전의 이중섭과 절친이었던 구상 시인과 이북에 고향을 두고 온 서양화가들이 이중섭의 예술혼을 기리기 위해 작품을 내고 추진했던 것을 조선일보가 맡아 서열이나 계파를 떠나 역량 있는 작가를 발굴하자는 취지로 제정되었다. 평론가 오광수 등이 참여한 심사에서 제1회 수상자로 황용엽이 만장일치로 선정되었다.

오광수 위원은 심사 후기에서 "황용엽의 치열한 작가 의식이 이중섭의 예술 정신에 가장 부합되었기 때문"이라며 "인간을 사랑하고 인간을 그리워했던 이중섭의 예술혼은 어쩌면 30년 가까이 인간과 그 상황을 끈질기게 다루어 온 황용엽의 정신과 가장 직결되는 요소"라고 밝혔다.

황용엽은 자서전에서 "이중섭미술상 수상 소식을 듣는 순간 나는 눈물이 앞을 가리는 감정을 억누를 수가 없었다. 평생 야인으로 살아온 내게 이상은 지나온 삶을 되돌아보는 계기가 되었다. 나는 생애 처음 받은 이 상을 오직 어머니께 바치고 싶은 마음에서 내내 속으로 울었다"고 술회했다.

황용엽에게 이 상은 화가 인생의 분수령이 되었다. 오로지 작품만 해왔지만 화단의 야인이었던 그가 생애 처음, 그것도 새로 제정한 이중섭미술상을 수상함으로써 작가정신과 작품성을 동시에 인정받으며 화단의 정상으로 올라섰기 때문이다.

생애 최고의 전시가 된 '이중섭미술상 수상 기념전'

이중섭미술상은 상금과 함께 수상 1년 후 기념전을 열어 주는 것이 특징이다. 1회 수상의 영예를 안은 황용엽은 1990년 11월 20일 서울 정동의 조선일보미술관에서 수상 기념전을 열었다. 이 전시를 위해 작가는 그동안 해왔던 대작들과 수상 이후 그린 신작을 망라해 100점을 준비해 그중 89점을 걸었다. 전시 준비 기간 내내 들떠 있었다는 작가의 말대로 이 수상 기념전은 작가 생애 최고의 전시회였다.

편지 왕래로 평양의 가족 소식 듣다

1991년 황용엽은 캐나다 거주 한인의 도움으로 평양에 사는 가족들과 편지를 주고받을 수 있었다. 그는 북에 두고 온 어머니와 형수, 누이와 남동생의 안부를 묻는 편지를 써서 보냈다. 석 달 후 누님의 답장을 받았다. 어머니는 작고하셨고 세 살 위인 누님은 결혼하여 초등학교 교사로 일하고 있으며, 세 살 아래인 남동생은 상처하고 새로 부인을 얻었다는 소식이었다.

그는 편지에 동봉한 어머니의 흑백 사진을 화실 한켠에 걸어놓고 작업하고 있다. 40년 동안 몰라 애태우던 가족 소식을 편지와 사진으로 접한 황용엽은 눈물도 많이 흘렸지만 마음이 한결 가벼워졌다고 했다. 가족과 고향에 대한 애틋함은 작품에 그대로 투영되어 화면은 한층 밝아지고, 향수와 축제 등 다양한 스토리로 구성되어 표출되었다.

미술관 건립 계획 무산돼 화실에 작품 수장키로

황용엽은 화실과 미술관을 지을 생각으로 경기도 화성에 땅 2000평을 마련했으나 구입한 땅이 휴게소 부지로 흡수되는 바람에 미술관을 지으려던 계획은 수포로 돌아가고 말았다.

황용엽은 2015년 가족회의를 열어 향후 작품 관리에 대해 의논했다. 국립현대미술관 전시회를 마치면 큰 작품 일부는 미술관에 기증하고 대다수 작품은 남현동 화실 4층 화실에 보관하기로 의견을 모았다. 남현동 건물을 원래대로 미술관으로 만드는 방안도 논의되었으나 법이 자주 바뀌는 상황에서 그냥 화실에 보관하는 편이 낫다는 쪽으로 의견이 기울었다.

국립현대미술관에서 초대전 갖다

84세의 황용엽은 국립현대미술관이 한국 현대미술사에 뚜렷한 족적을 남긴 원로 예술가들을 조명하는 '현대미술작가 시리즈'에 초대되어 《황용엽 : 인간의 길》전을 2015년 7월 24일 개막, 7월 25일부터 10월 11일까지 과천관 제1전시실에서 열었다. 전시 규모와 내용도 충실했고 작품집을 겸한 도록까지 출판되어 화가로서는 최고의 영예와 대우를 받은 것이다.

1980년 초에 그린 현실참여 작품 앞에 선 황용엽 선생. 2015년 국립현대미술관 회고전에 격렬한 표현의 이 시기 작품들은 독립 설치되어 주목을 받았다.

전시기획자 이추영은 황용엽의 예술세계에 대한 깊은 이해를 위해 시기별 흐름과 작품 경향을 세심하게 고려하여 전시실을 구획하였다. 1960~1970년대의 공간은 미로와 같은 좁은 통로와 어두운 벽색을 통해 음울했던 시대의 절박함과 그 속에 휩쓸린 인간들의 상황을 상징적으로 보여주었다. 그리고 1980년대에 선보였던 격렬한 표현의 인간 군상들은 벽면과 분리되어 따로 설치하여 관객들과 대면시켰다.

1990년대 이후를 조망하는 공간에서는 토속적인 자연을 배경으로 삶의 여정을 떠나는 인물들이 묘사된 대형 회화 작품들이 전시되었고, 황용엽의 예술세계를 조명하는 영상도 상영되었다.

2000년대 작품

샤머니즘과 전통 문양의 하모니

나의 이야기 My Story
2004, 259.1x193.9cm, 캔버스에 유화

황용엽은 2000년대부터 단순화에 역점을 두었다.
이 작품은 과거의 〈인간〉 연작을 최근의 스타일로
새롭게 해석한 것이다. 색채나 선의 구사에서
작가의 원숙미를 느낄 수 있다.

삶 이야기 Life Story
2006, 130.3x193.9cm, 캔버스에 유화

국립현대미술관 회고전에서도 눈길을 끈 작품이다. 단순화를 거쳐
조형미에 역점을 두어 추상 색면화를 대하는 느낌을 주고 있다.

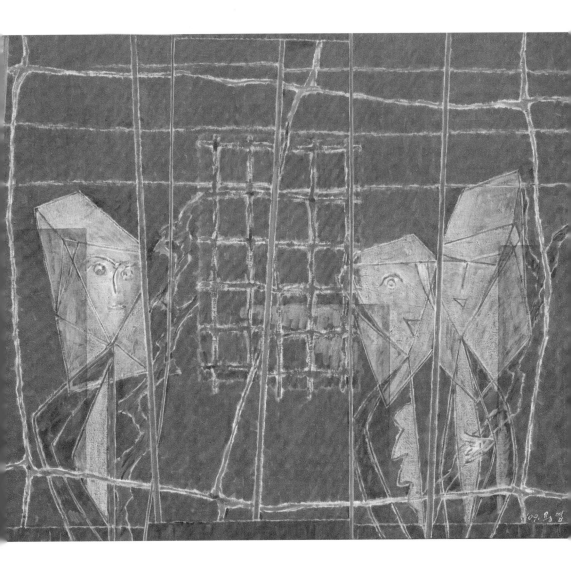

나의 이야기 My Story

2009, 162.2x130.3cm, 캔버스에 유화

앞에서 본 듯한 이 작품은 작가가 1970년대
〈인간〉 연작 중 하나를 2000년대 시점에서
재구성한 작품이다. 지하에 갇혔던 기억을
보다 현대화되고 세련된 색감으로 재창출해 냈다.

삶 이야기 Life Story
2009, 193.3x162.2cm 캔버스에 유화

이 작품도 청색으로 그린 〈인간〉 연작의 하나를
재구성한 것이다. 색채가 우아하고 캐릭터도
안정감을 보이고 있다.

삶 이야기 Life Story
2008, 130 x97cm, 캔버스에 유화

이 시기의 작품들은 청색을 기조로 한 밝은 톤이
화면을 지배하고 있다. 평론가 오광수는 "간결하면서도
담백한 기운이 바닥에 흐른다"고 평했다.

어느 날 One Day
2008, 97x130cm, 캔버스에 유화

같은 청색 계열로 여인을 소재로 한 일련의
작품 중 하나다. 곱게 단장한 화사한 표정의 여인상은
작가의 가족일 수도, 그리움의 표상일 수도 있다.

어느 날 One Day
2008, 81x65cm, 캔버스에 유화

인형 같은 모습의 여인 초상 둘을 대비시킨
구도이다. 아름다운 이 여인들은 작가의
추억 속의 대상일지도 모른다.

어느 날 One Day
2008, 100x81cm, 캔버스에 유화

갈색으로 그린 여인상이다. 창살들이 선으로
그려져 있는 것으로 미루어 지하에 갇혔던 상황을
여인상으로 표출시킨 듯한 느낌을 주고 있다.

스케치 Sketch
2006, 37.9x45.5cm, 캔버스에 유화

8호짜리 작은 그림이지만 인물 형상이 돋보이는
깔끔한 인상을 준다. 황용엽의 어두운 인간 형상과도
대조를 이루지만 여인상 중에도 가장 멋진 초상이다.

나의 이야기 My Story
2007, 145.5x112.1cm, 캔버스에 유화

이 시기의 작품에는 여인들이 주로 등장하는데
황갈색의 이 그림도 예외는 아니다. 〈나의 이야기〉라고
붙인 작품 제목이 작가와 어떤 연관이 있는지 궁금하다.

축복을 비는 연인

2005, 130.3x162cm, 캔버스에 유화

황갈색 계열의 작품으로 옛 그림을 요즘 스타일로
형상화했다. 작가는 옛 작품을 재해석하고 정리하는
작업을 한동안 펼쳐 갈 계획이라고 밝혔다.

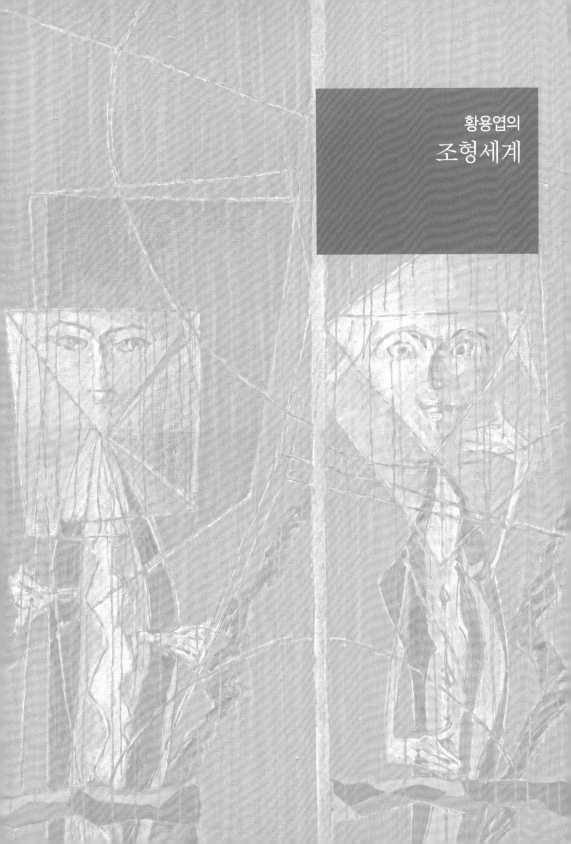

황용엽의
조형세계

황용엽의 일그러진 인간 형상은 독창적 이미지

황용엽의 작품을 보면서 많은 사람들이 일그러지고 왜곡된 인간 형상을 이상하게 생각한다. 왜 얼굴이 삼각형이고 형체가 일그러져 있는가를 특이하게 여기는 눈빛이다. 또한 많은 사람들이 황용엽 하면 이북에서 월남한 화가이고, 전쟁터에서 총상을 입은 상이군인이며, 한계상황이라고 할 만큼 극한의 억압과 고통을 받은 작가로 이해하고 있다.

그러나 황용엽은 그의 인생 역정이나 인간 승리 스토리가 아니라 조형성으로 평가해야 한다는 것이 필자의 견해이다.

황용엽은 북한의 국립대학인 평양미술대학에서 기초를 다졌을 뿐 아니라 양부모네 형이 하던 평양 고서점을 통해 일본에서 발행된 미술잡지와 외국 화가들의 화집을 일찍부터 접해 미술에 대한 지식이 넓은 편이었다.

그는 홍익대 미대를 다니면서 수화 김환기의 영향을 받기도 했지만 당시 유행하던 모던아트와 뜨거운 추상의 전개에도 무관심하지 않았다. 한국 근현대미술사를 전공한 김미정은 "중요한 것은, 실존주의 철학에 바탕을 두고 앵포르멜 미술에 동조했던 비평가이자 화가인 김영주(1920~1995)의 영향이다. 황용엽은 1958년 김영주의 주도로 설립된 '실존미술가협회'에 참여하였다"고 국립현대미술관 《황용엽 : 인간의 길》 도록에서 밝혔다.

홍익대 미대 재학 중 국전에 한 번 입선했다가 다음 해에 낙선하고부터 국전과 연을 끊은 황용엽은 국전이 지향한 아카데미즘과 다른 길을 모색해야만 했다. 1950년대 작품으로 남아 있는 〈여인〉(1959년 작)을 비롯해 1960년대 초반에 그린 인물 연작에 대해 김미정은 "황용엽이 당시 국내의 앵포르멜 운동에 가담하지는 않았지만 점점 거칠어지는 마티에르와 형태의 해체는 당시의 전위 미술과 호흡한 측면이 있다"고 보았다.

그러나 황용엽은 1965년 첫 개인전에 이런 유형의 작품을 발표하고 1973년 2회전을 열 때까지 약 7년 동안 자신의 조형언어를 찾기 위해 부단한 노력과 시도를 한 것으로 알려졌다.

황용엽이 찾아낸 그만의 포름 '인간'

그 결과 그는 자신만의 포름을 찾아냈다. 주제는 인간이되, 자신이 체험한 '한계상황 속의 인간'으로 잡은 것이다. 거기에는 이북에서 겪었던 집단 감금, 끔찍한 보복 살인, 전장에서 동족끼리 총부리를 겨눠야 했던 기막힌 운명 등이 소재가 되어 화면에 등장했다.

문제는 이것을 어떻게 형상화하느냐다. 황용엽은 작가노트에서 다음과 같이 밝혔다.

"겉으로는 웃으면서도 속으로는 슬픔의 앙금을 떨쳐 버리지 못하고 살았다. 그리하여 나는 나의 지난날의 삶을 표출하기 위해 암담한 한계상황 속에 묶인 우울한 인간을 제시할 수밖에 없었다.

그림은 곧 화가의 삶의 증언이라고 믿는 나는 나의 지난날의 삶에 비추어 도저히 밝고 기름진 인간의 모습을 제시할 수가 없었다. 인간답게 살고 싶어도 역사적인 모진 시련 때문에 뜻을 이루지 못한 채 좌절의 쓰라림을 맛보는 이지러진 인간상을 나는 여러 해에 걸쳐 끈질기게 추구해 왔다."

지난날의 삶을 표출하기 위해 한계상황 속에 묶인 우울한 인간을 제시할 수밖에 없었고, 그림은 곧 화가의 삶의 증언이라고 믿는 그는 도저히 밝고 기름진 인간의 모습을 제시할 수가 없어 이지러진 인간상을 추구해 왔다는 것이다. 그는 주제보다 조형성에 더 심혈을 기울였다.

"지금까지 나는 거울에 비친 모습이 아닌 나 자신의 행위를, 실존적 인간 상황을 조형의 차원에서 화면을 꾸며 보려고 생각하고 있다. 그렇기 때문에 내가 그리고 있는 인간은 이상하게 왜곡된 형태의 모습들이 나타나는 것 같다. 이러한 여러 형태의 모습들은 우리 세대가 다 함께 체험한 전쟁의 비극에서 더욱 나의 내면 세계를 짙게 절규하는 모습으로 변모했는지도 모르겠다. 또 이러한 절규가 때로는 메마르고 왜소하고 가냘프고 일그러진 사람의 모습으로 나타나게 된 것 같다."

많은 평론가들이 황용엽의 인간 형상을 외국 화가와 비교 또는 대조해 보려고 했다. 프랑스의 전후 화가 장 드뷔페Jean Dubuffet, 미국의 추상표현주의 화가 윌렘 드 쿠닝Willem de Kooning, 인간의 얼굴을 왜곡시켜 기형적으로 그린 영국의 표현주의 화가 프랜시스 베이컨Francis Bacon, 스위스 태생의 조각가 자코메티Alberto Giacometti의 변형된 인체, 〈인질〉 연작을 그린 프랑스 앵포르멜 화가 장 포트리에Jean Fautrier 등, 그리고 국내 화가로는 김영주, 김흥수, 최영림 등에 대비하기도 했다.

그러나 황용엽은 주관은 뚜렷하다.

"꾸며서 자기만의 형과 색이 어울려 자기의 양식이 만들어지면 이것이 창작이라는 생각이 듭니다."

미술평론가 오광수는 황용엽의 전기 〈인간〉 연작의 조형에 대해 다음과 같이 평했다.

화면은 거의 모노톤에 가까운 분위기를 나타내 준다. 약간 암울한 회색이나 회청색의 모노톤에 이미지와 상황은 직선이나 곡선의 흑선에 의해 묘출된다. (…중략…) 이미 74년 이전에 틀잡히기 시작했지만, 뚜렷한 흑선에 의한 인물의 묘출은 더욱 명확한 도식화와 도형화를 드러내 놓는다. 다이아몬드같이 예각진 역원추형逆圓錐形의 얼굴 모습은 더욱 단순한 역삼각형으로, 신체 역시 두 개의 엇물린 삼각형으로 요약 처리되고 있다.

많은 평론가들이 황용엽의 인간 형상에 대해 여러 수식어를 사용하여 표현하지만 황용엽은 자신이 추구하는 인간상을 형상화하기 위해 국내외 어느 화가도 시도하지 않은 기호를 창출했다. 삼각형을 역으로 표현한 얼굴, 여기에 삼각형 두 개를 겹쳐 놓은 듯한 인체 형상을 독자적으로 구현해 낸 것이다. 처음에는 눈도 코도 입도 없었으나 후기로 오면서 이목구비가 또렷하게 나타나기도 하는, 하나의 도상에서 여러 가지 응용이 가능한 기호를 조형화한 것이다.

여기에 초기 〈인간〉 연작에 나타나는 것이 선과 선묘線描이다. 인체 형상이 황용엽의 트레이드 마크라고 하면 이 인체 형상을 상황 속에 연출하는 것이 선이라고 할 수 있다.

일찍이 황용엽의 작품을 "선묘의 주술"이라고 갈파한 평론가 오광수는 황용엽의 전기 〈인간〉 시리즈의 선에 대해 다음과 같이 언급했다.

(70년대 중반) 이 시기부터 하나의 독특한 상황 연출이라고 할 수 있는 흑선의 공간적 분절이 등장한다. 예리한 직선으로 화면을 몇 개로 갈라놓기도 하고 호弧 모양의, 긴 띠로 화면을 갈라놓기도 하며, 때때론 중심의 인물상을 몇 가닥의 선으로 휘어 감기도 한다. 이 선들은 때로는 풍경 속의 공간적 지각으로 작용하기도 하고, 화면의 조형적 구성의 효과로서 작용하기도 한다. 또 때로는 어떤 보이지 않는 운명의 끈처럼 인간을 조절하는 암시적인 선으로 상징되기도 한다.

선에 대해 황용엽은 화면의 조형적 구성을 하다 보면 자연스럽게 생성된다면서 긴 설명은 하지 않았다. 그러나 선이 있기에 황용엽의 왜곡된 인간 형상이 여러 이야기로 연출되기도 하고, 액자나 거울 같은 역할을 하기도 한다.

황용엽의 인체 형상이 외국 유명 작가들의 인체상과 어떻게 변별되는지는 학자들의 연구 과제라고 할 수 있지만, 황용엽은 일찍부터 자신만의 조형언어를 찾기 위해 고심하다가 자신의 삶의 체험을 증언할 수 있는 가장 적절할 조형으로서 인간 형상을 창조해 낸 것이다.

황용엽의 작품에서 이러한 인간 형상은 후기로 가면서 변모하지만 큰 테두리까지 변형된 것은 아니다. 다음은 그 변화를 설명한 황용엽의 작가노트 일부이다.

"극한상황 속에서 인간 존재의 의미를 찾는 인간의 모습에 초점을 모았던 나는 또 다른 실험의 길로 들어섰다. 화폭의 중심에 자리 잡았던 인간상을 화면에 흡수시키고 내 나름대로 장식적인 효과를 자아내는 색채를 찾아 조형미를 표출하고자 의도하게 된 것이다. 뿐만 아니라 토속적인 민화, 도자기, 기와무늬, 떡살무늬, 장롱 장식 등 한국적인 원형미原型美에서 단순화單純化의 비밀을 캐내고자 심혈을 기울이기도 하였다."

이추영 학예연구사는 2000년 이후의 인간 형상에 대해 다음과 같이 평했다.

평면적인 배경 속에 녹아들어 간략한 선으로 도식화된 인물들의 형태는 고대문명의 벽화 속 기호처럼 보이기도 한다. 또한 몇몇 작품에 나타나는, 동그란 두 눈에 미소 띤 인물들의 풍부한 표정도 이전과는 다른 변화이다.

필자는 황용엽의 도형화된 인간 형상은 그가 창출한 독자적인 이미지라고 본다. 황용엽의 작업 방식은 다른 화가들과 비교해 특별히 다르지 않다. 한 번에 50호 두 점, 30호 두 점 등 크기가 다른 캔버스 여러 개를 펼쳐 놓고 작업을 한다. 대작을 할 때도 작은 작품을 함께 작업하는 편이다.

에스키스(시험 삼아 그리거나 만드는 작품의 밑그림)나 스케치를 하지만 캔버스에 옮길 때 물론 똑같이 되지는 않는다. 작은 것을 확대하면 느낌이 달라지므로 크기에 맞게 변형시킨다고 한다.

한 번에 여러 점을 놓고 비슷한 소재를 그리지만 조형도 다르고 느낌도 다르게 그리려고 한다. 실제로 비슷한 작품이 많지 않다. 여러 점을 그린다고 다 완성되고 좋은 작품이 되는 것은 아닌 만큼 잘못된 것들은 다시 그리거나 덮어 버린다. 여러 점을 동시에 시작해도 몇 점 못 건질 때도 있다고 작가는 말한다. 다음은 한 전시회에서 밝힌 황용엽의 작업 방식이다.

"캔버스에 에스키스나 스케치를 옮긴 후 목탄으로 선을 그리고 색을 칠하는 순서로 작업을 한다. 색을 입히다 망치는 경우도 있다. 그럴 때는 지우고 다시 그리거나 찢어 버리기도 한다. 큰 그림은 더 까다롭고 어렵다.

구성하는 면적이 넓고 공간과 모티브가 하모니를 이루는 것이 쉽지 않다. 빈틈이 보강이 되도록 계속 작업하면서 만족할 때까지 손을 보아 사인을 한다."

황용엽은 100호 한 점보다 50호 두 점을 그리는 것이 더 빠르다고 한다. 여러 점을 그려도 같은 그림이 없도록 하고 있지만, 자신도 모르게 남의 작품과 비슷한 느낌이 들면 지워 버린다고 한다.

"완성된 작품도 계속 놓아 두고 보다가 내 선에서 이 정도면 되겠다 싶으면 최종적으로 사인(서명)을 한다. 어떤 때는 사인해 놓고 몇 달 있다 보면 아닌 것도 있다. 그럴 경우에는 다시 손을 본다. 〈인간〉 시리즈를 할 때는 한자로 '黃用燁'이라고 썼으나 요즘에는 'Y. Hwang'이라고 영문으로 사인하고 있다. 내 작품이 팔려 나갈 수도 있는데 내 마음에 맞지 않는 것을 내놓을 수는 없는 일이다. 그림은 한눈에 들어와 다 보여지는 것이기 때문에 거짓말할 수가 없다. 100% 보이니까 그림이 어렵다는 것이다."

다음은 황용엽이 화랑 전시에서 발표했던 그림의 제작 과정이다. 회화와 스케치의 제작 과정이 좀 다른데, 회화의 경우를 살펴본다.

먼저 목탄을 사용하여 캔버스에 드로잉을 한다. 목탄은 지울 수 있기 때문에 마음에 들지 않을 경우 언제든지 고칠 수 있다.

다음은 검정색 오일 물감으로 회색빛의 검정색을 만든다. 붓으로 물감을 찍어서 목탄 드로잉 위에 겹쳐 그린다. 목탄 드로잉과 오일 물감으로 그린 드로잉이 겹쳐져 채색과 드로잉의 동시 효과를 낸다.

유화는 수채화와 달리 얼마든지 지울 수 있으므로 자유롭게 고친다. 유화는 아크릴 물감과 달리 마르는 속도가 느리다. 지우개 대신 주걱으로 하얀색 물감을 조금씩 떠서 드로잉을 한다. 때로는 주걱으로 드로잉을 긁어 내기도 한다.

색을 사용할 때까지 계속 드로잉을 한다. 작가는 선에서 오는 변화를 놓치지 않기 위해 드로잉으로 채색을 겸한다. 유화의 경우 마르는 시간이 오래 걸리므로 완전한 융화를 원하지 않을 경우, 우연한 효과를 위해 유화가 마르기 전에 아크릴로 드로잉하기도 한다. 어두운 바탕에는 밝은 색을, 밝은 바탕에는 어두운 색을 사용하면 색이 더 밀착되고 효과가 더 크다.

그림 제목 붙이기

황용엽은 초기에는 〈인간〉이란 타이틀만 붙였다가 1987년 〈무녀〉부터 그림에 제목을 달기 시작했다. 그림도 이야기와 내용이 있고 보면 대중과의 소통을 위해서 제목을 붙일 필요가 있다는 것이다. 비구상의 대표 작가 칸딘스키 같은 경우는 평론가들이 작품을 해석해서 제목을 붙였다. 평론가들은 "설명하지 마라. 그냥 보라"고도 한다는 얘기도 했다.

> "나의 경우 제목을 그때그때 붙이기도 하지만 생각날 때 미리 제목을 메모해 놓기도 한다. 최근에 붙인 제목으로는 〈떠난 사람들〉이 기억난다. 그림 소재나 제목은 내 주위에서 멀리 있는 것에서 찾지 않는다. 고향 생각이 나면 떠오르는 대로 메모를 한다."

황용엽이 완성 작품에 붙이기 위해 틈날 때마다 메모해 두었던 제목들을 여기에 적어 본다.

〈떠남〉〈떠난 어느 날〉〈떠난 사람들Away from here〉

〈축제 이야기〉〈꾸민 이야기〉〈옛 이야기〉〈나의 이야기〉〈삶 이야기〉
〈옛 생각〉〈너와 나의 이야기〉〈꾸민 축제〉
〈연인들〉〈길·나와 연인〉〈축복을 비는 연인들〉
〈여인들〉〈나와 여인〉〈혼을 부르는 여인〉〈꽃과 여인〉〈연극하는 여인들〉
〈무녀〉〈무녀의 대화〉〈무녀의 이야기〉〈무녀의 춤〉〈무녀의 주문〉
〈무녀의 독백〉
〈가족〉〈축복을 비는 가족〉〈벽에 그린 내 가족〉〈축복을 비는 사람〉
〈마을로 가는 길〉〈마을 사람들〉〈고향 가는 길〉〈어디로 가는 길〉
〈인간Human〉〈너는 누구인가〉
〈어느 날〉〈동녘〉〈무너진 비밀〉〈토속의 합주〉〈대화〉
〈두 사람〉〈남과 녀〉〈친구들〉〈이웃 사람들〉
〈진혼곡〉〈낮과 밤〉

제목에서 볼 수 있듯이, 황용엽만큼 고향과 가족에 애착을 보인 화가도 많지 않을 것이다. 전기의 〈인간〉 연작은 말할 것도 없거니와 후기 작품들도 고향 가는 길, 고향에서 있었던 추억들, 그리고 어머니와 누이와 남동생과 형수와 유모네 가족들을 떠올려 한 편의 드라마처럼 화면에 펼쳐내고 있다.

만약 황용엽이 주제로 삼는 이 같은 스토리들을 사실적인 기법의 인간으로 표현하면 어떠했을까? 지금 같은 조형 효과나 깊은 맛이 나지 않고 싱거울 것 같다는 느낌이 든다.

그래서 황용엽이 창출한 인간 형상은 마르고, 볼품없고, 이지러지고, 왜곡되고, 꼭두각시 같고, 피에로 같고, 때로 주술사 같아도 '황용엽표 인간'임에 틀림없다.

황용엽의
자화상

작품 속의 인간은 황용엽의 자화상인가?

1990년 미술공론사에서 발간한 화집 『황용엽』 맨 앞쪽에 황용엽의 〈자화상〉(1990년 작, 캔버스에 유채, 91.5x72.5cm)이 실려 있다. 화면 한 폭에 두 점의 자화상을 배치했다. 왼쪽 노란색 바탕의 자화상은 정면을 그린 것이고, 오른쪽 검은색 바탕은 옆얼굴을 그린 것이다. 둘 다 거울에 비친 모습 같기도 하고 틀(상자) 속에 갇혀 있는 느낌도 준다. 그가 그려온 데포르마시옹(변형)된 〈인간〉 연작과 달리 사실적인 평면화이다. 커다란 눈, 오똑한 코, 긴 목선의 유화 붓 터치가 화가 자신의 특징을 잘 살린 초상화라고 할 수 있다.

작가의 화실에도 자화상 몇 점이 걸려 있다. 그리다 만 자화상도 더러 있다. 황용엽은 자화상을 많이 그린 작가에 속하지는 않지만 자화상을 좋아하고 아끼는 작가로 보인다. 자화상 전시회에도 몇 차례 출품했고 자화상에 관한 글도 썼다.

황용엽의 자화상은 사실주의 화풍의 초상화와는 다르다. 선과 붓 터치로 형상을 드러내거나 아예 선으로만 처리해 작품에 나타나는 '왜소하고 가냘프고 일그러진' 모습의 〈인간〉들과 비슷해 보이기도 한다.

사람들은 황용엽의 작품을 보고 묻는다.

'작품 속의 인간은 왜 일그러져 있고 왜곡되어 있으며, 저 꼭두각시 같은 인간은 누구냐고?'

특히 1970년대 초기에 나타나는 단독자(單獨者 : 본래 철학 용어이나 하나의 인물이 등장한다는 뜻에서 붙였다)는 화가를 닮았다는 이야기가 많았다. 이에 대해 황용엽은 1977년 〈조선일보〉 문화면 기획인 '산실의 대화'에서 "작품 속의 인간은 내 자화상"이라고 밝혔다.

황용엽이 화가로서 첫 언론 인터뷰를 한 것은 1977년 8월 조선일보 문화부 기자인 필자와 가진 '산실의 대화'였다. 예술가들의 작업실, 화가의 경우 아틀리에를 찾아가 작업하는 모습도 보고 화가와 인생과 예술에 대해 대화를 나누는 기획에 황용엽 화가를 모신 것이다. 당시 그는 숙명여고 미술교사로 재직 중이었는데, 필자가 숙명여고 화실로 찾아가 인터뷰했다.

아틀리에 탐방 기사는 1977년 8월 31일자 문화면에 실렸는데, 아마도 화가 황용엽이 미디어에 본격 소개된 첫 사례가 아닌가 생각된다. 왜냐하면 미술평론가 오광수가 황용엽의 평론을 처음 선보인 것이 1979년 동산방화랑에서 가진 황용엽 제8회 개인전 도록에서이기 때문이다.

필자는 작가와 나눈 많은 이야기를 썼는데 편집자가 '작품 속의 인간은 내 자화상'이란 멋지고 명료한 제목을 붙여 주었다.

- 65년 첫 개인전 이후 벌써 6회째 아닌가.

"한 해 동안 그린 것을 세상에 던져 보고 가야 할 방향을 결정하기 위해 해마다 발표전을 열어 왔어요. 9월 말로 그해 작업을 끝내고 그 결실을 발표하여 또 다른 작품을 구상하는 게 제 성격입니다. 그러자면 여름 한철 휴가도 못 가고 화실에서 작품과 씨름해야지요."

화실 사방을 채운 캔버스엔 갖가지 '인간'의 모습이 독특한 터치로 담겨 있었다.

"73년부터 '인간'이란 한 가지 주제를 계속 그려 오고 있어요. 그 이전에는 샤갈·클레 등에 심취, 정서적이고 향취 있는 그림을 그렸어요. 주위에 널린 일상의 물건들을 기하학적으로 표현해 오다 '사람'에 머무르게 되었는데, 앞으로는 당분간 〈인간〉 시리즈를 계속할 생각입니다."

그동안 다섯 번의 개인전을 통해 발표한 〈인간〉 작품은 300점에 달했다. 황용엽이 추구하는 '인간'이란 무엇일까? 그는 왜 인간을 그리는 것일까?

"작품 속의 인간은 제 자화상입니다. 제 자신을 그려 가는 것이지요. 세상에 던져진 자신의 절실한 모습을 어떻게 회화적으로 조형화해 나가느냐가 제 관심사예요."

극도로 단순한 선으로 캔버스 위에 조형된 황용엽의 〈인간〉은 보는 이들에게 갖가지 모습으로 다가온다. 때로는 쓸쓸하게, 어떤 것은 곡마단의 피에로처럼, 또 어떤 것은 긴 여정의 나그네 같은 인상으로…. 전체적으로 조금은 어둡고, 희열보다는 짙은 애조를 띠고 있다는 특징이 있다.

"내가 그리는 〈인간〉은 꼭 그리지 않으면 안 되는 필연적인 나의 모습입니다. 저는 자유 없이 밀폐된 공산 치하에서 폐쇄된 교육을 받으며 청년 시절을 보냈습니다. 그때 갈구했던 인간의 자유, 정신적 해방을 회화적인 차원으로 옮겨 보고 싶은 것입니다."

그의 화실 사방을 채운 캔버스엔 자화상을 비롯해 다양한 인간 형상들이 독특한 터치로 담겨 있다. 앞쪽 이젤
에 놓인 자화상은 65x53cm, 뒤에 놓인 자화상은 71x60cm로 두 점 모두 1995년에 그린 것이다.

그는 북한 사회에서 밀폐된 교육을 받을 때부터 6·25를 겪으면서 사선
死線의 고비를 몇 번씩 넘기고, 다시 고학으로 대학을 마치고 오늘날까지
살아온 인생 항로를 캔버스에 기록하는 작업을 해왔다. 그래서 그의 작품
은 대부분 자화상이거나 부부상, 아니면 가족의 모습을 담고 있다. 행복, 자
유, 해방을 염원하는 내면세계가 표출되어 있는 것이다.

"처음에는 그런 나의 모습을 서커스의 피에로에 비유해 그렸어요. 요즘에
는 인간의 여러 가지 동작을 자유롭게 표현해 보려고 고심하고 있어요. 또
원시시대 토기들의 형상이나 돌하루방, 망부석 등에서 오는 형태, 불상의

가지가지 자세를 원용하여 우리 고전적인 인간미를 가미해 보려고 노력하고 있어요."

'인간'을 소재로 했다고 해도 꾸준한 변화를 추구, 여러 양상의 인간을 표현해 왔다.

"73년에 〈인간〉 시리즈를 시작할 당시에는 구체적인 인간의 모습을 그렸지요. 그러다가 구체성을 벗어나 극도로 단순화된 선으로 추상적인 인간 형태를 시도해 보았어요."

〈인간〉 연작을 하더라도 선과 색채의 변화를 시도해 온 그는 색채를 거의 없애고 흑백으로만 처리한 건조한 화면을 창조하고 싶다고 인터뷰에서 밝혔다.

"작품을 하기에 앞서 수많은 에스키스를 하지요. 이제껏 전용 화실이 없어 작품 제작을 못하는 겨울 동안은 내내 에스키스를 해왔어요. 다행히 금년(1977년)에 집(예술인마을)에 20평짜리 화실을 새로 지어 앞으로는 연중 무휴로 작품을 할 수 있게 됐어요."

당시 황용엽은 작가가 창작의 산실을 갖게 된 것이 얼마나 기쁜지를 표정으로 말해 주었다. 필자는 역경을 딛고 안정 속에서 창조될 그의 자화상은 어떤 모습으로 변할까 몹시 궁금하다는 문장으로 인터뷰 기사를 마무리했다.

'닫힌 상황 속의 인간에서 열린 풍경으로의 인간으로'

황용엽의 70년대 작품 〈인간〉 연작에 '단독자'라는 용어를 붙여준 이는 예술인마을 이웃에 살던 문학평론가 정창범이었다.

그는 1982년 11월 서울 신세계미술관에서 가진 황용엽의 제11회 인간 전의 팸플릿에 「인간과의 대결」이란 평문에서 다음과 같이 서술했다.

> 철학은 인간을 불가해한 존재로 보고 문학은 인간을 기묘한 존재로 보고 있다. 황용엽의 〈인간〉도 어떻게 볼 때는 불가해한 존재로 느껴지고 어떻게 볼 때는 기묘한 존재로 여겨진다. 그의 초기의 그림 속의 인간은 남에게 자신의 이루 말할 수 없는 고뇌를 호소하는 단독자의 모습으로 등장하였으나, 얼마 후에는 하나의 한계상황 속에서 자기 존재의 의미를 찾아 헤매는 처절한 모습이 나타나 있었다.

'단독자'는 덴마크의 철학자 키에르케고르가 처음 쓴 용어로 "단독자인 인간은 절망을 통해 자신의 실존을 자각하고, 절대자인 신에 대응할 수 있으며, 진정한 신앙을 얻는다"는 개념이다. 인간은 누구나 고독이나 절망, 또는 불안 등을 매개로 자신의 진정한 모습을 명확히 할 수 있다는 것이다.

평론가 정창범이 적시한 황용엽의 〈인간〉은 고독과 절망을 통해 실존을 자각하는 단독자라는 의미와 함께 여러 명이 아닌 화면 속의 한 사람을 지칭한 것으로 보인다. 미술평론가 김인환은 1988년 문예진흥원 미술회관에서 가진 황용엽의 제12회 개인전 도록에 실은 「가열한 체험 속에 용해된 자화상」이란 평문에서 다음과 같이 언급했다.

> 황용엽의 초기 작품에 등장한 인간은 거의 단독자로서였다. '남에게 자신

의 이루 말할 수 없는 고뇌를 호소하는 단독자의 모습'(문학평론가 정창범의 표현)이었던 것이다. 그 당시 개인전에서 '필자가 무엇을 그렸는가'라고 물었을 때 '나 자신을 그렸다'라던 작가의 단호한 확인이 있었다. 요컨대 단독자로서 등장한 초기 작품에 있어서의 인간은 '자화상'이었던 셈이다.

화가 황용엽에 대한 평론을 가장 체계적으로, 또한 여러 차례 쓴 평론가는 오광수였다. 그는 1979년 동산방화랑에서 가진 제9회 인간전 도록에 「선묘의 주술」이란 평문을 실을 것을 비롯해 1981년 10회전, 1989년 국제화랑에서 가진 제14회 개인전 도록에도 평론을 썼다.

이 글을 바탕으로 그는 1990년 미술공론사가 출간한 대형 화집 『황용엽』에 「닫힌 상황 속의 인간에서 열린 풍경으로의 인간으로」라는 본격 평론을 실었다. 이 글에서 오광수도 황용엽의 〈인간〉이 자화상과 깊은 연관이 있음을 다음과 같이 피력했다.

> 황용엽이 다루고 있는 인간도 당연히 막연한 인간 일반이 아니라 특정한 상황 속의 인간일 수밖에 없다. 그 특정한 상황이란 물을 필요도 없이 작가가 처한 상황이다. 작가가 겪은 체험과 현실로서의 상황이다. 그래서 일차적으로 그의 화면에 등장하는 인간상은 그 자신의 자화상이라고 할 수 있다.

오광수는 미술사에 견주어 황용엽의 자화상을 언급하면서 "통상적인 자화상이 아니라 자신으로 은유된 인간상, 상황 속의 자화상"이라고 주장했다.

미술사적으로 자화상은 대체로 초상으로 그려진다. 자화상을 많이 남긴 렘브란트, 세잔느, 고흐가 한결같이 자신의 얼굴에 초점을 맞추어 그리고 있다. 이상하게도 자화상을 많이 그린 화가들은 끊임없는 회의와 자성으로 스스로 괴로워했다.

이런 관점은 황용엽에게 그대로 적용된다. 끊임없이 자아로 침잠하면서 자신을 되돌아보았던 작가적 태도는 렘브란트나 세잔느나 고흐의 태도와 유사하다. 언젠가 그의 아틀리에에서 초상화로서의 자화상을 본 적은 있지만, 이상의 화가들처럼 자화상을 많이 그린 것으로는 생각되지 않는다. 그러나 초상이 아닐 뿐 단독상이 거의 자화상이라고 보았을 때 그만큼 많은 자화상을 제작한 화가도 드물 것으로 생각된다. 하지만, 이 경우 자화상을 개성 있는 면모를 기록하는 내용으로서가 아니라 상황에 처한 보편적 인간으로서의 자신의 모습, 또는 자신으로 은유된 인간상이다. 통상적인 자화상이 아니라 상황 속의 자화상인 것이다.

미술평론가 김종근도 화집 『황용엽』에 황용엽의 〈인간〉이 작가의 자화상을 연상시킨다고 서술했다.

그의 회화적 인간상은 우리 역사가 만들어 놓은 비극적인 상처의 얼굴을 보여주는 것이며, 그 그림들은 비극적인 상처의 소산이다. 그의 인간은 우리들의 원초적인 삶의 편견이며, 인간에 대한 애정과 그리움의 전부이다. 70년대 중반의 인간은 사실 인간의 모습의 표현이라기보다는 인간의 죄를 대속한 고행의 그리스도상처럼 보인다. 깡마르고 흰 성의聖衣를 걸친 채 알몸으로 황량한 길을 거니는 모습이 동시에 그 자신의 자화상을 연상시킨다.

그렇다면 화가 황용엽 자신은 '자화상'에 대해 어떤 견해를 가지고 있을까? 두 차례 자화상 전시회를 통해 살펴보자.

첫 번째는 1995년 서울미술관(관장 임세택)과 국립 청주박물관(관장 이영훈)이 기획한 '한국, 100개의 자화상'전으로, 서울(6월 24일~9월 10일, 서울미술관)과 청주(9월 18일~10월 8일, 청주박물관)에서 열렸고 도록도 발간했다.

도록에는 미술평론가 이경성의 「자화상의 미학」, 시인 고은의 「자아自我로서의 자화상」, 이원복(국립중앙박물관 학예연구관)의 「조선시대 자화상」, 홍성기(철학박사)의 「자화상 산고散考」, 조선시대 화가 강세황의 「70세 자화상의 자찬自贊」 등의 글이 실렸다.

조선시대 대표적인 인물화로 꼽히는 윤두서 자화상을 비롯해 100명의 자화상을 모은 이 전시회에 황용엽은 1995년 작 〈자화상〉(캔버스에 유채, 65.2x53cm, 작가 소장)을 출품했다.

또 하나는 1997년 《월간미술》 3월호에 '나의 자화상' 글을 기고한 것이다. 황용엽은 중앙일보사가 발행하는 《월간미술》이란 1997년 3월호 〈나의 자화상〉이라는 고정란에 '생생한 삶이 담긴 자화상을 위하여'라는 제목으로 다음의 글을 기고, 1995년에 그린 〈자화상〉(캔버스에 유채, 65.2x53cm)과 1996년 작 〈자화상〉(종이에 수채)을 함께 실었다.

거울 앞에 앉아서 나의 모습을 비추어 보는 것도 재미있다. 가까이 다가가 정면에서 보기도 하고, 얼굴을 좀 돌려 위아래로 움직이면서 걸친 옷이 몸에 잘 어울리는가를 보기도 한다. 좀 멀리 떨어져서 보면 주변 사물이 함께 어우러져 원근감이 생기면서 전혀 다른 느낌을 만들어 낸다.
또 둥근 거울에 비추어 보면 마치 달 속에 들어가 있는 것 같기도 하고, 네모진 거울에 비추어 보면 상자 속에 갇혀 있는 듯한 느낌도 든다.
맑고 깨끗한 거울은 속마음까지 드러내 보이는 것 같아 부끄러운 느낌을 갖게도 한다. 먼지가 낀 흐릿한 거울에 비추어 보면 구름에 가리운 달과도 같이 더 아름다운 여운을 간직하고 있는 듯하다.

이렇게 거울 속에서 이런저런 모양으로 나를 바꾸어 보다 보면 좀 더 멋진 모습이 되기도 한다. 모두가 자신만의 돋보이는 개성을 갖고 있으며, 소중한 그 무엇을 갖고 있기 때문이 아닐까.

예나 지금이나 여러 화가들은 자기 모습을 개성 있게 표현한 자화상들을 그려 왔다. 어떤 화가는 단순하게 그리는가 하면, 또 어떤 이는 많은 색을 써서 나타내는 등 각기 다른 형태와 다양한 표현 방법으로 자화상들을 그려 왔다.

나에게 있어 가장 인상적인 자화상을 그린 한 화가는 빈센트 반 고흐다. 그의 힘이 넘치며 살아 움직이는 듯한 붓 터치와 강렬한 색채가 합쳐져서 만들어내는 비애와 정열의 느낌은 내 마음을 움직인다. 바로 이런 것이 그 화가의 참모습이 아닐까.

나는 사람을 소재로 그림을 그리면서, 항상 왜소하고 어딘가 비틀어져서 겨우 생명을 유지할까 말까 하는 모습을 화면에 담고 있다. 왠지 모르게 그런 모습으로 옮길 수밖에 없는 것이다. 아마도 내가 살아온 시대적 배경과 그 시대의 체험적 상황들이 합쳐져서 나타나는 현상일 것이다. 바로 이런 것들이 나만의 조형적 언어 수단을 형성하고 그림으로 나타나도록 하는 것이 아니겠는가.

세로로 놓아 보고 가로로 눕히고, 확대도 해보고 축소도 하면서, 단순하게 또는 복잡하게 표현해 가는 그림 속에서 다양한 것들을 얻을 수 있을 것이다. 그러나 무엇보다 중요한 것은 자신의 개성과 창의성이 함께 어우러질 때 비로소 자신의 참모습을 그린 그림이 된다는 것이다.

거울 앞에 앉아서 겉모습을 아무리 쳐다봐도 무언가가 마음에 와 닿지 않는다. 내가 비교적 자화상을 많이 그리지 못한 것도 바로 이런 이유가 아닌가 한다.

거울을 또 쳐다보고 반복해서 내 모습을 그리다 보면 처음 시작했을 때와 붓을 놓을 즈음에서는 영 딴판의 그림이 된다. 끝에 가서는 결국 나도 모르게 다시 왜소하고 나약한 모습으로 변해 가는 것이다.

상자 속에 갇혀 움직이는 꼭두각시 같은 모습은 생명에의 연민이 담겨 있고, 인간의 삶을 대변해 주는 호소력이 있다. 여러 줄에 매달려서 저마다의 무언가의 대화, 어떤 줄거리를 읽어 가며 자신의 이야기를 서로 전달하고 있는 것이다.

나의 모습도 그 상자 속에서 꼭두각시처럼 이야기하도록 만들고 싶다. 희로애락의 감정들이 마음속에서 생생하게 살아 움직이고 있는 나의 모습을 담은 그림은 누구에게나 공감이 가는 자화상이 아니겠는가. 가냘픈 생명이 비틀거리면서도 살아야만 하는, 또 살 수밖에 없는 모습을 담은 자화상을 그리고 싶다.

자화상 앞에 앉아서 이 생각, 저 생각을 하다 보니 눈물이 앞을 가린다. 희미하게 멀어져 가는 감정을 어떻게 캔버스 위에 묶어 놓을 수 있을까.

이런 생각들이 나에게는 소중한 것들이다. 나의 이야기, 또 나와의 대화, 그리고 그릴 수밖에 없는 상황의 자화상을 그리고 싶다.

황용엽은 이 작가노트에서 초창기 작품에 나타나는 단독상은 자신의 시대적 상황에서 묻어 나온 자화상임을 상기시키면서, 그러나 자신의 얼굴과 닮게 그린 초상화가 아니라 자신만의 조형적 언어 수단을 형성하여 그림으로 나타낸, 작가의 개성과 창의성의 소산임을 분명히 하고 있다.

자화상
1963, 56x50cm, 종이에 수채

1963년 수채로 그린 자화상으로 머리고 짧고 얼굴도
좀 마른 편이지만 1960년대 작가의 인상이 잘 드러나 있다.
이 시기 결혼하여 아이도 낳고 학교에도 나가던 그는 어려운
여건 속에서도 그림 그리는 환경 조성을 위해 부단히 노력했다.

자화상
1990, 91.5×72.5cm, 캔버스에 유화

1990년 미술공론사가 펴낸 화집 『황용엽』
첫 페이지에 실린 자화상이다.
당시 59세의 작가는 정면과 옆면의 프로필을
대비시켜 입체감을 살렸다. 젊어서 상당한
미남이었던 황용엽은 월남 작가로서의 핸디캡을
극복하고 제1회 이중섭미술상을 수상하고
작품전도 열 때여서 화가로서 매우 안정된
표정을 보이고 있다.

자화상

1995, 65x53cm, 캔버스에 유화

작가 나이 64세에 그린 자화상으로 원숙한 화가의 모습을
볼 수 있다. 이 시기 그의 인간 풍경은 한결 색채가 밝아졌고
이야기도 풍부해졌다. 커다란 눈망울과 긴 목이 인상적인
이 자화상에는 모든 역경을 이겨내고 정상의 고지에 오른
예술가의 의지와 열정이 담겨 있다.

비평가들은 황용엽을
어떻게 보았나

황용엽의 '인간'에 주목하다

황용엽 작품에 대한 평문을 처음 쓴 평론가는 국립현대미술관장을 역임한
오광수였다. 1979년 서울 동산방화랑 초대로 열린 제9회 황용엽 인간전 도
록에 서문「선묘의 주술」을 쓴 것이다.

> 황용엽 씨가 우리들의 주목을 끌기 시작한 것은 인간 시리즈를 발표하면
> 서부터이다. 인간이란 대상이 결코 오늘날 새롭게 등장한 것은 아니며, 또
> 한 특별한 대상도 아님은 물론이다. 그럼에도 그의 인간 시리즈가 우리에
> 게 특별한 의미를 띠고 나타난 것은 그것이 단순한 대상으로서의 인간이
> 나 지금까지의 일반적인 방법에서 추구되어진 인간이 아니기 때문이다.
> 바로 이 점이 그의 인간 시리즈가 지닌 독자성을 대변하는 것이다.

오광수는 황용엽의 '인간'에 주목했다. 그는 황용엽의 '인간 시리즈'를
인간의 재발견이란 문맥으로 읽었으며, 현대사회가 겪고 있는 비인간화 현
상에 대한 강한 반동으로 이해했다. 작가의 인간 형상이 일그러져 있고 비
틀려져 있는 것은 "오늘의 인간들이 처한 상황, 그것은 보이지 않는 힘에

의해 결박당해 있는 처절한 생존인지도 모른다"고 서술했다.

다음은 황용엽에 대한 평문 중 평론가들이 자주 인용하는 오광수의 인간 해석이다.

> 황용엽 씨의 화면에 떠오르는 인간군人間群은 마치 아슬아슬한 줄타기의 곡예사 같은 긴장한 순간순간에 태어나고 있는 것 같아 보인다. 마치 거미가 스스로 줄을 뽑아 자신을 에워싸게 하는 것처럼, 화면의 인간들도 스스로가 짜내는 무수한 줄들에 의해 자신들을 가두고 얽매고 있는 것이다. 바로 그러한 유희가 영락없이 곡예사의 모습을 연상시킨다. 그러나 그의 인간들은 관객 앞에 재주를 넘는 곡예사는 아니다. 평범한 우리 주변의 인물들이고 작가 자신의 어떤 영상들이다. 각박한 삶을 엮어 나가는 우리들의 일상의 모습이다. 측은하나마 친근한 우리들의 삶의 모습이다.

오광수는 황용엽의 대상에 대한 입체적인 해석과 색채의 등장에도 불구하고 그의 화면을 지배하고 있는 강한 선묘에 관심을 보였다.

> 확실히 이 선묘들은 주술적인 어떤 힘을 지니고 있는 듯이 보인다. 극히 평범한 우리 주변의 인물들을 이렇게 희화화戲畫化할 수 있다는 것도 이 주술적인 힘에 의해서이다. 주술사는 어느 누구도 아닌 작가 자신임은 두말할 나위도 없다. 그러나 그는 단순한 주술사는 아니다. 거미줄같이 얽히는 무수한 선들의 직조 속에 하나의 관계를 설정해 가는 신념을 지닌 주술사이다.

오광수 평론가는 1981년 동산방화랑에서 열린 제10회 황용엽 인간전 도록에도 「황용엽 근작전에 부침」이란 제목으로 평문을 실었다. 이 글은

덕담으로 시작된다.

개성적인 작품을 보는 것처럼 반가운 일은 없다. 특히 한 예술가가 어디
에도 눈 팔지 않고 꾸준히 자기 일을 추진해 온 연후의, 저 침범할 수 없는
확고한 세계를 열어 보이는 것이야말로 우리를 즐겁게 해준다. 황용엽 씨
의 작품에서 받는 우리의 공감도 바로 이러한 개성에서 연유함은 말할
나위도 없다.

오광수는 황용엽의 근작에 대해 다음과 같이 평했다.

한결같이 이지러지고 뭉개어진, 그래서 그로테스크한 인물들. 이 인물들
이 자아내는 공간의 긴장은 단순한 모델로서의 인물이 아니라 인간이 만
들어내는, 어쩌면 처절한 세계와의 대결인지도 모른다. 특히 무수하게 얽
힌 선들 속에 드러내고 있는 인간의 모습은 마치 누에가 스스로 뽑아낸
실 속에 갇혔듯이, 그렇게 아이러니컬하게 자신을 옭아매고 있는 듯 보
이며, 그것은 또한 인간이 처한 가장 직설적인 자기현전自己現前임이 분명
하다.

오광수는 1989년 국제화랑에서 열린 제14회 황용엽 개인전 도록에 「열
린 인간의 이야기-황용엽의 근작」이라는 제목의 다음과 같은 평문을 썼다.

색채들은 단순히 현란하다기보다 우리의 민화나 전통적인 건축물의 구
조, 생활 기물에서 보는 장식적인 색조 문양을 연상시키게 하는 데서 우리
고유의 정서의 회복과 연관되고 있다. 이 같은 정서의 회복은 70년대까지
의 자전적自傳的 설화들이 80년대 중반 이후론 보편적인 민족 공동체 의식

으로 확대되면서 나타나는 현상이 아닌가 보인다. 이 같은 민족 공동체적 의식의 증폭은 밝고 건강한 색조의 구성과 유머러스한 이미지의 서술이 교직되면서 더욱 뜨거운 서정성으로 진행되고 있다. 그것은 반가움과 해탈, 무한한 자유의 구사에서 오는 열린 세계의 표현이다.

오광수는 "80년대 이전의 작품들이 갖는 밀폐된 상황 의식에 비하면 80년대 이후의 작품은 열린 세계로의 지향이라고 할 수 있다"고 기술했다.

본격적인 평론은 1990년 미술공론사에서 출간한 화집 『황용엽』에 수록되었다. '닫힌 상황 속의 인간에서 열린 풍경으로의 인간으로'라는 표제로 황용엽의 초기작부터 1990년 작품까지 아우른 이 장문의 평론은 '화가 황용엽'을 근거리에서 조명한 작가론·작품론이라고 할 수 있다. 첫 부분 황용엽 작품의 인간상 묘사부터가 인상적이어서 자주 인용되고 있다.

> 황용엽의 인간상은 차라리 산산이 찢겨진, 앙상한 형해形骸만이 겨우 확인되는, 지워져 가는 인간상이다. (…중략…) 겨울날 앙상한 나뭇가지나 전신주에 매달려 산산이 찢겨진 채로 떨고 있는 지연紙鳶을 연상시키는 처절한 인간의 실존, 고통이나 분노보다는 먼저 가눌 수 없는 슬픔이 앙금처럼 엉겨붙는 인간 실존의 황량한 풍경이다.

황용엽의 초기 〈인간〉을 감성적으로 표현한 명문이 아닐 수 없다. 오광수는 황용엽의 조형이 작가의 "체험의 진솔한 기술"에서 시작되었다고 보았다. 그리고 자신의 주관보다는 작가노트의 인용으로 체험의 실상을 강조하고 있다. '그림은 내 삶의 증언'이란 작가노트의 내용을 간추리면 다음과 같다.

"억압과 핍박 속에서 살아야 했던 내가 마음속에서 열망했던 것은 인간답게 사는 것이었다. 나는 남과 북이 서로 같은 핏줄끼리 총부리를 겨누는 싸움에 휘말리는 처절한 죽음의 상황을 몸소 겪어야만 했다. 피를 흘리며 신음하는 수많은 사람을 보아야 했고, 부모·형제·처자를 잃고 절망하는 겨레의 모습을 보아야 했다. 이 모든 일들은 이미 수십 년 전의 옛 이야기가 되고 말았지만, 그러나 아직도 내 마음속 깊은 밑바닥에는 아픈 상흔으로 남았다. 아니 그때 입은 육체적 부상의 흔적은 내 몸 속에서 아직도 지워지지 않고 있다. 그 후 나는 오랜 세월을 지내오는 동안 겉으로는 웃으면서도 속으로는 슬픔의 앙금을 떨쳐 버리지 못하고 살았다."

오광수는 1970년대에 나타난 황용엽의 인간 시리즈에 대해 다음과 같이 평했다.

황용엽이 다루고 있는 인간도 당연히 막연한 인간 일반이 아니라 특정한 상황 속의 인간일 수밖에 없다. 그 특정한 상황이란 물을 나위도 없이 작가가 처한 상황이다. 작가가 겪은 체험과 현실로서의 상황이다. 그래서 일차적으로 그의 화면에 등장하는 인간상은 그 자신의 자화상이라고 할 수 있다.

오광수는 1974년을 황용엽 예술 인생의 큰 분수령으로 지목했다.

여전히 이미지는 종전의 인간상의 연장에 놓여 있다. 약간 넓은 색띠 만들기가 이 무렵에 오면서 더욱 잘게 분할되면서 전면화되고 있음을 발견할 수 있다. 표면은 잘게 분할된, 일정한 붓 자국으로 직조織造되어 나가 화면은 거의 모노톤에 가까운 분위기를 나타내 준다. 약간 암울한 회색이나 회청색의 모노톤에 이미지와 상황은 직선이나 곡선의 흑선에 의해 묘출된다. 콘크리트 벽과 같은 우울한 바탕 속에 명멸되는 인간상은 영락없이 인형극 속에 등장하는 나무 인형이다. 숙명적인 조종 속에 자신의 모습을 떨고 있는 나무 인형이다.

오광수는 1980년대 종반에 나타난 작가의 변화를 누구보다 먼저 감지하고 평론했다. 닫힌 상황 속의 인간에서 열린 풍경으로의 인간으로 변모했다고 갈파한 것이다.

그리고 2007년 휘목아트타운·미술관 개관 기념《황용엽의 인간의 이야기》전 도록에 게재한 「황용엽의 작품세계와 근작의 특징」에서 1980년대 이후의 작품에 대해 다음과 같이 평했다.

인간의 모습도 침울하지 않고 경쾌한 동작과 희화화된 표정으로 화면을 누볐다. 어딘가에 얽매여 있던 인간들은 이제 자유로운 몸으로 화면에 출몰했다. 인간을 에워싼 풍경은 더욱 풍요롭고 다양한 내용으로 얼룩졌다. 전반적으로 경쾌하면서 유머러스한 상황을 연출해 보였다. 보는 이들에게 달콤한 기억의 내면에 빠지게 하였다.

그는 황용엽의 2000년대 이후의 작품에 대해서도 평했다.

최근작에 나타나는 변모의 양상은 우선 청靑을 기조로 한 밝은 톤이 화면을 지배하고 있음이다. 초기의 무거운 황갈색과 중기의 밝은 황갈색에 비해 청색 기조는 확실히 대단한 변화의 추이로 꼽을 수 있을 것 같다. 또한 보다 간결하면서 담백한 기운이 바닥에 흐른다는 점이다. 여인들은 가족일 수도 있고 먼 과거의 추억 속의 대상일 수도 있으며 아득한 시간의 저

너머에 떠오르는 그리움의 표상일 수도 있다. 여인들은 한결같이 밝고 화사한 표정과 무언가 말을 걸 듯 다가오는 정다운 모습이다.

평론가 오광수의 황용엽에 대한 평가는 1989년 11월 18일자 〈조선일보〉에 실린 제1회 이중섭미술상 심사평에 잘 나타나 있다. 그중 일부를 다음에 옮겨 본다.

> 황용엽의 예술세계는 인간들의 이야기로 엮어져 있다. 단순한 프로필로서의 인간도, 인체의 구조적인 아름다움을 추구하는 모델로서의 인간도 아닌, 인간과 그 상황이 모티프가 되고 있다. 그러한 인간의 모습과 상황은 화가의 자전적인 삶의 단면에서 당대의 일반적인 삶의 풍정으로 전개되면서 더욱 짙은 설화성을 드러내보이고 있다. (…중략…) 현대미술의 추세가 급속한 실험의 와중으로 치달아 가고 있었을 때도 그는 외롭게 인간과 그 상황을 통해 당대를 기록하려고 하였으며, 온통 메시지와 구호가 범람하는 오늘날에도 그 독특한 은유와 조형으로 삶과 진실을 조용하게 기록해 가는 뛰어난 증언자로서의 모습을 지속시키고 있다.

국립현대미술관이 2015년 발간한 《황용엽 : 인간의 길》전 도록의 참고문헌에는 미술평론가들이 황용엽을 대상으로 쓴 평론 목록이 실려 있다. 도록과 단행본, 잡지를 포함해 가장 많은 평을 쓴 평론가는 오광수로 6건이며, 다음이 김인환 4건, 김종근 3편, 문학평론가 정창범 2건 등이다. 그밖에 박용숙, 원동석, 정병관 등과 '작가와의 대담'을 한 오상길, 프랑스 평론가 클로드 도르발, 그리고 2015 국립현대미술관 황용엽전에 작가론을 쓴 김미정(한국 근현대미술사)의 이름도 올라 있다.

1990년 미술공론사에서 간행한 화집 『황용엽』에는 오광수의 평론 2편과 함께 박용숙의 「색감·구성·형상의 상황미학」, 김인환의 「가열한 체험, 극한 속의 인간」, 클로드 도르발의 「황용엽, 그 영혼의 거울」, 원동석의 「황용엽의 알몸 그림」, 김종근의 「한계상황 속에 묶인 우울한 인간상」, 그리고 문학평론가 정창범의 「한계상황과 〈인간〉」이 실려 있다.

미술평론가 김인환은 「가열한 체험, 극한 속의 인간」에서 평양 출신의 실향민 황용엽을 에트랑제로 표현하면서, 6·25 전란을 겪으며 하마터면 생명의 끈이 끊어질 뻔한 체험을 다음과 같이 기술했다.

> 그림은 그에게서 삶에 대한 의식이 눈뜨는 창의 구실이 되었을 것이다. 요긴한 20대의 황금 시절을 전쟁에 시달리며 보내고서 응결된 감성은 쉽게 풀려지지 않는다. 그때 받은 충격이 다름 아닌 그의 작품세계에 있어서의 요체로 들어앉았을지 모른다. 그 정신적 재앙을 어디서 보상받는단 말인가. (…중략…) 황용엽은 처음 자신의 문제를 집약시켜 인간의 형상을 통한 하나의 '상징' 속에 포괄적으로 집어넣으려고 했던 것 같다. 거미줄처럼 늘어뜨린 선획의 사슬에 포박되어 몸부림치는 자신을, 그 선획들의 잠재적인 의미는 그를 얽어매고 있는 사회 현실의 상충적인 여러 요소일 수도 있고, 혼돈된 이 세계의 상징일 수도 있다. 거기에 고뇌와 피로의 극한에 선 듯한, 모든 것을 잃은 듯한, 이지와 감성마저 매몰된 듯한 인간이 파충류처럼 웅크리고 있다. (…중략…) 이 작가의 작품은 인간에게 주어진 한계상황과 그로 하여 심각한 소외에 직면한 오늘의 인간상을 그리고 있다.

미술평론가 박용숙은 「색감·구성·형상의 상황미학」에서 황용엽의 작품을 우미 미학이 아니라 오늘의 상황적 미학의 결과라고 풀이했다.

일그러지고 실그러지고 그리고 자유로운 데포르메이션을 준 그의 인체는 어찌 보면 프랑스 화가 뷔페의 작품에서 보는 것과 같은 비참한 인간상을 연상시키기도 한다. 확대된 손과 발의 묘사에서 그 사람의 생의 체험과 고통의 표시를 암시받고 있다. (…중략…) 이와 같은 독특한 색감과 구성과 형상에 의한 작품세계는 도대체 어디서 오는 것인가. 그것은 앞에서도 이야기했듯이 화가 황용엽의, 20세기의 현대문명에 대한 날카로운 비판, 특히 과학문명 속에서 시달리고 있는 인간들의 상황이 과연 행복한지 불행한지 그것에 대한 물음이 암시되고 있다.

미술평론가 원동석은 「황용엽의 알몸 그림」에서 "황용엽의 그림은 오늘의 인간이 어떻게 발가벗겨져 있는지를 밝히고 있다"고 했다. 또한 원시미술의 성性과도 비유했다.

네모꼴의 공간 안에서 서로 떨어진 사람들은 손놀림과 발짓으로 말없는 대화를 나누기도 하고 이녁의 손목이나 발목을 붙잡고 서로를 발가벗겨 보이는 가장 은밀한 성교의 결합을 보여주기도 한다. 그의 끝없이 얽힌 올가미를 벗겨내지 못하면 사람의 모습은 외롭고 공허하기만 하다. 바로 그 외롭고 공허한 모습이 음울하고 고독한 사람들의 현실이다. 그러면서도 서로의 끈을 붙듦으로써 절망 속에서도 살아 있다는 희망을 가진다. 여기에 모순이 생긴다.

미술평론가 김종근은 「한계상황 속에 묶인 우울한 인간상」에서 "그의 회화적 인간상은 우리의 역사가 만들어 놓은 비극적인 상처의 얼굴을 보여주는 것이며 그 그림들은 비극적인 상처의 소산이다"라고 밝혔다.

그의 인간은 우리들의 원초적인 삶의 편견이며, 인간에 대한 애정과 그리움의 전부이다. 70년대 중반의 인간은 사실 인간의 모습의 표현이라기보다는 인간의 죄를 대속한 고행의 그리스도처럼 보인다. 깡마르고 흰 성의 聖衣를 걸친 채 알몸으로 황량한 길을 거니는 모습이 동시에 그 자신의 자화상을 연상시킨다.

김종근은 작가의 민화 양식과 소재의 선택에 대해 다음과 같이 언급하고 있다.

그가 참담한 현실의 상처 위에서 출발하여, 개인의 상흔, 그리고 인간의 감성에 공감하는 한국적 미의식에 눈뜨기까지 그의 내면의 정신을 관류하고 있는 것은 다름 아닌 주술과 기원에 바탕을 둔 샤머니즘의 세계이다. 민화는 사실 이러한 기원의 세계를 집약적으로 보여주고 있는 대표적인 서민 양식의 집적이 아닐 수 없다. (…중략…) 장식적인 효과를 자아내는 색채와 조형미를 얻는 작업, 토속적인 민화나 전통적인 문양에서 그는 마지막으로 한국적 미의 원형과 특질을 탐색하는 것에 혼신을 다하고 있다. (…중략…) 우리가 그의 회화를 보면서 인간의 참다운 자아를 발견하고 우리들의 초상을 보는 듯한 경이로움을 갖는 것은 그가 출발했던 인간의 극한상황 속에 존재하고 있는 오늘날 인간의 참모습을 결코 놓지 않으려는 인간에 대한 뜨거운 증언의 열정을 가지고 있기 때문이다.

프랑스 미술평론가 클로드 도르발은 「황용엽, 그 영혼의 거울」에서 다음과 같이 기술했다.

화가 황용엽이 홀로 자신의 아틀리에에서 시각언어를 통해 스스로가 받은 인상의 총체를 재현하는 것, 그리고 한 민족의 영혼을 불러낼 수 있게 되는 것은 바로 자신의 내면세계의 비밀, 체험의 기억, 그리고 마음을 통해서이다. (…중략…) 자신이 자유자재로 구사할 수 있는 독창적인 테크닉, 즉 선인들의 비전과 과거를 불러내는 상징들과 접맥되어 있는 기술을 통해 그는 자신의 비전, 리듬, 인간에 대한 자세, 그리고 한국인의 영혼의 신비를 모두 담은 어떤 미학을 보여준다.

황용엽 화집 외에도 미술 전문지나 단행본에서도 평론가들의 글을 볼 수 있다. 1988 아나갤러리 큐레이터 박신의는「인간과 자연의 언어를 위하여」라는 평문에서 황용엽의 후기 작품세계를 다음과 같이 서술했다.

그는 머리에 꽃을 이고 있으며, 부채를 들어 꽃바람을 불러일으키기도 혹은 잠재우기도 한다. 그는 마음만 먹으면 태양도 불러낼 수 있고, 또 원하기만 한다면 자신의 의식의 틀 속에 그것을 가둬 놓을 수도 있다. 또한 그는 영생의 새를 불러 자신의 마음속에 담아둘 수도 있다.

이처럼 자유자재한 인간은, 이제까지 황용엽이 추구해 오던 인간상과는 완연하게 다른 차원의 의미를 성취한다. 이전의 언제나 고통으로 일그러지던 모습이던 그의 인간상은 우리들 삶의 표정이기도 했다. 그것은 곧 우리 민족이 겪어야 했던 일제 식민 시절과 분단, 그리고 전쟁 등으로 점철되었던 암울한 상황의 재현이었으며, 그 같은 상황 속의 인간은 즉시 실존적인 인간상으로 설정되었다.

그러나 최근 민화를 차용함에 따라 황용엽은 완벽한 인식 구조상의 전환을 이루어 한계상황을 극복하고 있다. 실존적 인간에게 있어 세계는 아직 극복되어야 할 대상으로 남아 있으며, 그의 고뇌와 한계상황이라는 것도 궁극에는 탈출해야 할 조건이다.

반면에 민화 속의 인간은 사방무늬의 갇힌 한계상황에 여전히 앉아 있지만 그것은 대결해서 싸워야 할 대상으로 바라보지 않는다. 따라서 주체(인간)와 객체(세계)의 대립적인 관계는 무너지고 한계상황 역시 사라져버리게 된다. 이처럼 새로운 상황을 받아들였으니 인간은 그것의 상징으로 머리에 꽃을 이고 있다.

《월간미술》은 1992년 6월호 전시 하이라이트에 '그리움과 괴로움이 뒤얽힌 세계'(황용엽전. 5월 12~25일. 국제화랑)를 주제로 미술평론가 박신의의 리뷰를 실었다.

황용엽의 그림을 보면 꽃바람 속에 흩어지듯 스쳐지나가는 기나긴 삶의 여정과 살아온 세월에 대한 독백의 웅얼거림이 낮은 소리로 들리는 것 같다. 밝고 화사하면서도 마치 밑바닥이 보이는 것처럼 투명한 색채를 바탕으로 가늘고 날렵한 인물들이 그 바람 속에 흔들리듯 그려져 있다. 화면 전면을 가로지르는 가느다란 선들은 그 움직임을 그리는 동선의 흔적으로 느껴진다. 그리고 그곳에는 민화에서 차용한 자연 이미지들이 덧붙여져 자못 경쾌한 분위기를 자아내기도 한다.

그러나 그 경쾌함에는 다른 한편으로는 삶의 덧없음과, 반면 살아옴의 의미가 기쁨의 정서로 상반된 채 중첩되어 있다. 그 정서의 복합적 울림은 때로는 자서전적인 맥락에서, 때로는 우리 민족의 서러운 삶의 맥락에서 주어진다. 그런 의미에서 분단과 함께 겪어야 했던 황용엽의 개인사적 맥락과 그로 인해 그가 이해하는 한국적 삶의 조건은 서로 맞닿아 있다. 그리고 전반적으로 그의 그림에 배어 있는 그리움과 기다림의 정서에 한국적 삶의 원초적 형상을 배치함으로써 또 다른 기원과 염원의 의미로 진전되고 있다.

무속적인 이미지와 민화적 형상, 적절한 원색 처리 등의 요소는 그러한 한국적 삶의 원초성을 이야기하는데 충분한 형식이 되고 있다. 그러나 이전의 작업에 비하면 이번 작품은 문양과 형상 간의 장식적 처리가 다소 완화되어 있고, 원색의 사용도 이전에 비해 차분한 색조와의 배합을 시도하려는 노력이 엿보인다. 그리하여 몇몇 작품에서는 이전의 작품과는 달리 현실적 공간 속에서 인물들을 배치하고 있음을 발견하게 된다. 어떻게 보면 이번 전시회의 작품들은 〈인간〉 시리즈로 자신의 삶을 투사시켜 온 황용엽의 30여 년에 이르는 작업이 하나의 종합을 이루고 있는 것처럼 보인다. 그리고 그 종합의 힘은 황용엽이 자신의 세월 속에서 보여준 작가로서의 당당함과 진정함의 면모에서 연유하는 것이라고 본다.

건축예술 전문지 《공간》은 1992년 7월호 표지 작가로 황용엽을 선정하고 「어딘가 기억에 익숙한 북방의 분위기」라는 제목으로 미술평론가 윤우학의 평론을 게재했다.

30년 이상을 이방성異方性 존재로서의 인간을 줄기차게 그려온 황용엽의 그림은 인간적 편견의 체험을 통해 오히려 가장 밀도 있는 인간적 모습의 자아를 인간 자신이 절감할 수밖에 없는 시점에 가두어 그려 왔던 그림이다. 바로 실존으로서의 인간의 모습을 형상화시켰다는 말이다. (…중략…) 화면에 독자적으로 성립되지 않는 인간의 형상들이 언제나 거미줄 같은 선묘線描나 색채의 단위들과 더불어 증폭되고 축소된 채 하나의 그래픽적인 구조물로서 존재하는 장면, 왜곡되고 비틀린 인체들이 주변의 이미지들과 같은 유기적 호흡 속에 생성되고 소멸되는 모습들은 인간의 한계상황과 그 굴레를 상징적으로 각인시키고 있는 듯 보이는 까닭에서다. 어쩌면 황용엽은 인간을 자기 체험의 극단한 감정이입을 통해 인간적 의미를 부각시키며 그 편린을 빌려 스스로가 믿는 인간의 원상原像을 발견해 가는 작가의 한 사람이라 할 것이다.

따라서 그의 작가적 위상은 우리의 화단에서는 독특한 것이라 이야기하지 않을 수 없고, 그것은 그가 국전에 참가하지 않았다거나 어떤 집단이나 그룹에 속하지 않고 야인으로서 남았다는 그러한 차원에서가 아니라 그 소재의 선택에서부터 그 해석, 그리고 그 표현의 방법론이 철저하게 개인의 레벨에서 유지되었다는 점에서 시작될 수 있을 것이다. (…중략…)

근자에 이르러 그의 작업은 보다 개성적인 변모를 보이고 있는데 그것은 한 개인의 양식적 정착을 엿볼 수 있게 하는 부분이라 여겨진다.

투명한 원색조 속에 인간을 상정시키며 그 이미지 자체가 마치 고구려의 벽화를 보듯 어딘가 기억에 익숙한 북방의 분위기를 떠올려 내는 부분, 그리고 설화적 성격을 회화적 표현성을 통해 화면 자체에 조형적 자율성을 강조시키는 장면들은 인간의 드라마를 세계 질서 속에 동일화시켜 가는 의지라 보이기 때문이다.

1994년 1월 통권 11호로 발행된 미술잡지 《ART in KOREA》는 표지 작가로 황용엽을 선정하고 커버스토리로 화보와 함께 미술평론가 서성록의 평문 「가시 박힌 영혼의 노래」를 영문과 국문으로 실었다.

황용엽의 회화를 거론할 때, 흔히 등장하는 말이 '인간'의 문제이다. 그에게 있어 인간의 문제는 30년 이상 일관되게 중심 모티브가 되어 왔고 누구보다 실존의 문제에 깊이 관심을 표명해 왔다. 인간 중에서도 자신을 그 대상으로 삼았음은 우리로 하여금 어떤 주의를 모으게 했다. 그런 점에서 그를 현대미술 작가 중에서도 자아적 실존을 그려내는 몇몇 안 되는 형상 화가로 자리매김하게 되는 것도 큰 무리는 아니다.

그가 인간을 택하게 된 데에는 특별한 사연이 깃들어 있다. 이 문제는 그의 삶 자체와도 밀접한 관련을 맺고 있다. 월남한 실향민으로서 한국전쟁의 상흔을 깊숙이 간직한 채 우리 민족 전체의 아픈 과거라 할 수 있는 그 고통스러웠던 삶의 체험을 '인간'이라고 하는 주제를 통하여 뚝심 있게 형상화해 온 장본인이기 때문이다.

2007년 휘목아트타운·미술관과 2008년 예술의 전당 한가람미술관 개인전 이후 황용엽에 대한 평론은 별로 없는 편이다. 그런데 2015년 국립현대미술관이 《황용엽 : 인간의 길》전을 전시하면서 펴낸 도록에 여러 편의 글이 새로 선보였다. 이추영 국립현대미술관 학예연구사가 전시 기획한 '인간의 길'을 한국 근현대미술사를 연구하는 김미정이 「황용엽 작가론 : 인간 존재를 통한 형식과 의미의 통합」, 정신과 전문의 김동화가 「발달사 및 정신 기제를 통해 이해한 인간 황용엽과 그의 예술」 등이 그것이다. 이추영 학예사는 2000년대 이후 황용엽의 작품에 대해 다음과 같이 기록했다.

2000년대 이후 황용엽은 이전 세대의 다양한 작품 스타일이 절충적으로 혼합된 형식의 작품을 선보이고 있다. 90년대의 민화나 설화, 무속적인 분위기가 지배적이었던 화면에는 다시금 빨강, 파랑 등 밝은 채도의 배경 속에 70년대의 작품 속에 등장하던 도식적인 인물들이 재등장한다. 평면적인 배경 속에 녹아들어 간략한 선으로 도식화된 인물들의 형태는 고대 문명의 벽화 속 기호처럼 보이기도 한다. 또한 몇몇 작품에 나타나는, 동그란 두 눈에 미소 띤 인물들의 풍부한 표정도 이전과는 다른 변화이다. 〈삶 이야기〉, 〈나의 이야기〉 등의 연작은 이제 세월의 풍파를 지나 인생을 반추하는 원로 화가의 담담한 고백과, 고난의 삶을 반추하는 화가의 완숙한 시선을 보여주고 있다.

이 학예사는 황용엽 예술세계 전반에 대해 다음과 같이 정리했다.

황용엽은 해방과 전쟁, 이산이라는 격동의 20세기 한국 현대사를 온몸으로 버텨내고 남과 북의 정치체제와 미술계를 동시에 경험했던 마지막 세대의 작가다. 개인의 선택이나 의지와 상관없이 시대의 비극에 휩쓸려 인간의 존엄과 자유를 억압당했던 기억, 가족과의 생이별, 생존의 본능만 가득 찬 인간들의 악마 같은 폭력을 목격했던 극단적인 체험은 황용엽의 몸과 마음을 황폐하게 만든 깊은 상처였다. 황용엽은 자신의 트라우마를 화면 속에 토해내고 이를 용감하게 대면하는 과정을 통해 상실과 공포, 절망의 기억을 털어내고 인간에 대한 연민과 애정을 서서히 회복시켰다.
1950년대 말 이후 전위적인 추상미술 경향이 화단의 주류로 자리 잡았던 한국 현대미술계에서 비극적인 현대사와 개인사의 경험이 고스란히 녹아있는 자생적인 형상 회화를 제시한 황용엽의 예술세계는 한국 화단에서 굉장히 드물고 독특한 위상을 차지하고 있다. 그의 작품은 또한 '현대미술'이라는 한정적인 영역을 넘어 역사적으로 소중한 '살아 있는 증언'이기도 하다. 굴곡진 역사의 고통을 온몸으로 감당하며 버텨온 한 인간의 운명 같은 삶의 흔적이 그의 작품 속에 고스란히 각인되어 있기 때문이다.

김미정(한국 근현대미술사)은 「황용엽 작가론 : 인간 존재를 통한 형식과 의미의 통합」의 서두를 다음과 같이 서술했다.

황용엽은 인간이라는 화두를 필생의 회화의 주제로 삼았다. 그 표현법은 시대마다 달라졌지만 캔버스에서 인간의 이야기가 사라진 적은 없었다. 황용엽이 매달렸던 그 인간은 본질적으로 화가의 자화상이다. 그는 짓이기고, 꺾이고 비틀려 있으며, 묶여 있다. 이산과 고향의 상실을 이겨내려는 한 인간의 투쟁이었다. 그런 연유로 황용엽의 예술세계는 월남한 실향민으로서의 그의 개인사를 떼어놓고는 해석할 수 없다. 많은 비평문에도 불구하고 본격적인 작가론이 쓰이지 못한 이유이기도 하다.

필자는 2007년 여름 작가를 여러 차례 만나 구술했던 기억이 있다. (…중략…) 노화가의 어린 시절과 독특한 가족사, 평양미술학교 입학과 징병을 피해 감행했던 월남 길의 긴박했던 순간들, 상이병사로 제대하고 남한 사회에 뿌리를 내리기 위해 분투했던 삶의 역정을 들을 수 있었다. 앞선 세대가 역사의 질곡 속에서 감내해야 했던 절박한 체험에 공감할 수밖에 없었다. 황용엽의 그림에서 반복되는 공간이 한 인간을 둘러싼 실제 생활의 무대이거나 혹은 은유화된 사회 구조라고 한다면, 그가 50년이 넘게 그려 온 인간 이야기는 굽이진 삶의 연작사라 할 만하다.

김미정은 평문의 결론 부분에서 화가 황용엽을 다음과 같이 정리했다.

이중섭미술상 수상 이후 귀향을 주제로 한 그림이 많이 그려진 것은, 내면의 갈등과 실향의 트라우마가 얼마간 해결되었기 때문이다. 화가는 금의환향하듯 가볍게 고향 길을 떠난다. 산과 들은 생명을 품은 듯 싱싱하고, 황금빛으로 물들어 있기도 하다. 북한에 두고 온 아름다운 집과 정원, 묻어 두었던 기억들이 쏟아지듯 터져 나왔고, 생사를 몰랐던 동생과 부모, 사랑했던 양부모의 모습도 서슴없이 나타났다. 이러한 화가의 내면의 평온은 1995년 조선일보미술관에서 다시 열린 〈황용엽 초대 개인전〉에서 더욱 확연해지는데, 고사리 모양의 나무와 원시적 형태의 산, 비천이 그려진 공간은 틀림없이 고구려 고분벽화이다. 그의 오십여 년 삶이 벽화처럼 새겨져 오래오래 전설로 기억되는 것, 그것이 화가의 소망이었는지 모르겠다.

평론의 필요성을 누구보다도 잘 아는 황용엽은 평단에서도 지속적인 관심과 호평을 끌어낸 많지 않은 화가 중의 한 사람이다. '한계상황의 인간'을 다룬 1980년대 중·후반까지 전기는 오광수를 비롯한 중진들이 심도 있게 작가의 내면과 조형언어를 비평해 놓았다. 후기는 시기별 평론이 좀 부족한 면이 없지 않지만 2015년 국립현대미술관에서 열린 대규모 회고전을 계기로 신진들이 작가 생애와 예술세계 전체를 조망하는 신선한 시각의 평문을 발표해 작가의 위상을 높였다.

2010년대 작품

옛 작품 스타일을 새롭게
해석한 혼합 양식

삶 이야기 Life Story
2013, 193.9x259.1cm, 캔버스에 유화

국립현대미술관 회고전에 출품된 작품으로
80대 노익장의 원숙함과 세련미가 돋보인다.
1970년대 초기 〈인간〉과 대조해 보면 2010년대
들어 얼마나 변화했는지를 실감할 수 있다.

삶 이야기 Life Story
2014, 162.2x130.3cm, 캔버스에 유화

같은 시기에 그린 청색 계열의 작품으로
역시 디자인처럼 세련된 구도와 우아한 색감이
일품이다. 평생 그림을 그려온 작가는
80대 중반인 지금도 가야 할 길이 멀다고 말한다.

나의 이야기 My Story
2015, 259.1x193.9cm, 캔버스에 유화

작가가 국립현대미술관 회고전에
출품하기 위해 2015년에 완성한 신작인데
전시되지는 않았다. 스케일이 클 뿐
아니라 이야기가 풍부하고 작가의
역량이 응집되어 있다.

황용엽의 작품은
통일미술관에
전시되어야 한다

'민족 수난사의 증언'이자 '평화의 메시지'

최근 통일이라는 화두가 유행처럼 번지고 있다. 박근혜 대통령은 "통일은 대박"이라는 슬로건을 내걸었다. 정부와 민간이 함께하는 통일준비위원회를 발족시켜 통일헌장 제정도 추진하고 있다. 민간에서도 얼마 전 '통일과나눔' 재단이 발족되어 범국민적인 통일 성금을 모금 중이다. 여기에 한 기업인이 자신의 재산 몇천억 원을 기부했고 각 단체와 개인들의 참여도 봇물을 이루고 있다.

통일은 반드시 이루어야 할 우리 민족의 과제다. 북한은 여전히 도발을 하고 개방과 교류에 소극적이지만, 통일은 한민족의 아픔을 치유하는 근원적 처방이고 한반도의 미래를 번영으로 이끌 최적의 수단이다.

정부는 DMZ에 평화통일공원 조성을 추진하고 있다. 이를 위한 여러 전략이 수립되고 있겠지만 필자는 통일미술관 건립을 제안하고자 한다. 통일 시대를 대비한 통일미술관은 1945년 남북 분단 이후 통일의 그날까지 겪은 민족의 수난사, 특히 이산의 아픔을 소재로 한 미술작품을 수집·보관·전시하는 역할을 하게 된다. 회화와 조각은 물론이고 분단과 통일에 관련된 미술작품을 망라, 통일 시대에 자라나는 어린이와 청소년들에게 민족의 고통과 함께 다시는 분단되지 않아야 할 교훈을 전해 주는 교육장으로 활용하자는 것이다.

필자는 이 통일미술관의 전시 작가로 황용엽을 추천하고 싶다. 앞으로 언제가 될지는 모르지만 통일 시대에 황용엽의 작품은 '민족 수난사의 증언'이 될 수 있기 때문이다. 황용엽의 작품을 수집하여 영구 보존하고 대규모 단독전 또는 같은 주제의 남북 화가 단체전을 열어 통일 시대 국민에게 보여주고, 전 세계에 미술을 통한 '평화의 메시지'를 전하자는 취지에서다.

왜 많은 화가 중에 황용엽인가? 물론 다른 화가들도 충분히 그 대상이 되어야 한다. 그럼에도 필자가 황용엽을 통일미술관 1호 작가로 추천하는 가장 큰 이유는 평양에서 태어나 사회주의 체제에서 억압받은 그가 스무 살에 월남하여 80대 중반인 지금까지 오로지 자신의 체험을 바탕으로 인간의 실존을 회화로 증언해 왔기 때문이다.

2015년 7월 국립현대미술관 과천관에서 《황용엽 : 인간의 길》전이 개막되었다. 한국 현대미술사에 뚜렷한 족적을 남긴 원로 예술가들을 조명하는 현대미술작가 시리즈 전시다. 10월 11일까지 계속된 이 전시에는 황용엽이 평생 작업해 온 유화와 스케치 작품들이 출품되었고 대형 도록도 발간되었다. 도록에는 《황용엽 : 인간의 길》을 기획한 이추영 국립현대미술관 학예연구사의 글 '인간의 길'이 실려 있다. 이 글에서 그는 황용엽을 다음과 같이 평했다.

> 황용엽은 해방과 전쟁, 이산이라는 격동의 20세기 한국 현대사를 온몸으로 버텨내고 남과 북의 정치체제와 미술세계를 동시에 경험했던 마지막 세대의 작가이다. 개인의 선택이나 의지와 상관없이 시대의 비극에 휩쓸려 인간의 존엄과 자유를 억압당했던 기억, 가족과의 생이별, 생존의 본능

만 가득 찬 인간들의 악마 같은 폭력을 목격했던 극단적인 체험은 황용엽의 몸과 마음을 황폐하게 만든 깊은 상처였다. 황용엽은 자신의 트라우마를 화면 속에 토해내고 이를 용감하게 대면하는 과정을 통해 상실과 공포, 절망과 기억을 털어내고 인간에 대한 연민과 애정을 서서히 회복시켰다.

남과 북의 정치체제와 미술세계를 동시에 경험했던 작가로 개인의 의지와 상관없이 가족과 생이별하고 전쟁의 와중에 악마 같은 폭력을 목격했던, 더욱이 인간의 존엄과 자유를 억압당했던 기억을 그림으로 증언한 화가가 황용엽이라는 것이다.

이추영 학예연구사는 이 글의 맺음말에서 필자가 추진하자는 통일미술관에 황용엽이 왜 가야 하는지, 그 이유를 다음과 같이 분명하게 적시해 놓았다.

1950년대 말 이후 전위적인 추상미술 경향이 화단의 주류로 자리 잡았던 한국 현대미술계에서 비극적인 현대사와 개인사의 경험이 고스란히 녹아 있는 자생적인 형상 회화를 제시한 황용엽의 예술세계는 한국 화단에서 굉장히 드물고 독특한 위상을 차지하고 있다. 그의 작품은 또한 '현대미술'이라는 한정적인 영역을 넘어 역사적으로 소중한 '살아 있는 증언'이기도 하다. 굴곡진 역사의 고통을 온몸으로 감당하며 버텨 온 한 인간의 운명 같은 삶의 흔적이 그의 작품 속에 고스란히 각인되어 있기 때문이다.

참으로 가슴에 와 닿는 명쾌한 평가가 아닐 수 없다. "비극적인 현대사와 개인사의 경험이 녹아 있는 자생적인 형상 회화", "역사적으로 소중한 살아 있는 증언", "한 인간의 운명 같은 삶의 흔적"···. 더 이상 설명이 필요 없는, 황용엽이 통일미술관에 가야 할 당위성이 적시되어 있는 명문장이 아닐 수 없다.

황용엽은 자서전에서 자신의 미술관을 건립하려 했으나 무산된 이유를 다음과 같이 밝히고 있다.

> "북에서 넘어와 고향이 없으니까 화실과 미술관을 지으면 어떨까 하는 생각으로 경기도 화성에 땅 2000평을 구입했다. 야산이지만 새로 건설될 서해안 고속도로에서 4~5km 떨어져 있어 입지가 좋았다.
> 그런데 주민들이 고속도로 건설을 반대하는 데모를 하자 도로공사에서 청사진을 바꾸는 바람에 내가 구입한 땅이 휴게소 부지로 흡수되고 말았다. 화실 짓고 미술관을 조성해 사회에 환원하려던 내 꿈은 수포로 돌아가고 말았다."

황용엽은 꿈을 접고 사당동 예술인마을에 미술관 용도로 4층 건물을 신축했지만 미술관 하기에는 여의치 않아 4층 화실에 작품을 보관하기로 계획을 변경했다. 황용엽은 2015년 5월 국립현대미술관 전시를 앞두고 가족회의를 했다고 자서전에 썼다.

> "주요 의제는 향후 내 작품을 어떻게 관리할 것이냐였다. 국립현대미술관에서 대규모 전시회를 마치면 작품을 정리해 큰 작품 일부는 미술관에 기증하고 몇백 점은 보관하기로 했다. 작품 관리를 위해서는 사당동 화실 건물을 팔지 않고 4층 화실에 작품을 보관하면 좋을 것 같다. 화실 건물을 미술관으로 하자는 안도 있었으나 우리나라처럼 법이 자주 바뀌는 상황에서는 그것도 쉬운 일이 아니다."

그는 자신이 평생 화가로 열심히 일한 것은 좋은 작품을 남기기 위해서였다고 술회하면서 다음과 같은 소회를 밝혔다.

"나는 이북에서 내려와 연고가 없다 보니 남쪽에 뿌리내리기가 쉽지 않았다. 월남한 동창 중에는 사업해 큰돈을 번 사람도 있다. 나도 한때는 장사도 해보았고 사업가로도 나서려고 했던 적이 있었다.

그러나 화가의 길로 들어서기를 정말 잘했다고 생각한다. 다행히 60년 이상 그림을 그릴 수 있었고 거의 팔지를 않아 작품이 많이 모아졌다. 뭔가 남겨놓고 죽어야 하는데 자식들에게 재산 남겨주어야 뭐 하겠는가. 훌륭한 그림을 역사에 남기면 그것도 훌륭한 일이라고 생각한다. 내 바람은 내 작품이 차원 높게 우리 역사와 문화에 남아 있으면 하는 것이다."

황용엽은 평생 그림을 그리면서 치부의 수단으로 삼은 적이 없었다고 입버릇처럼 말해 왔다. "그림을 역사에 남기면 그것도 훌륭한 일"이며 "내 작품이 차원 높게 우리 역사와 문화에 남아 있으면 하는 것이 내 바람"이라는 솔직한 심정은 단순한 시장 차원에서가 아니라 통일문화의 차원에서 이해되어야 한다고 생각한다.

그는 자서전에서 다음과 같은 심정을 강조했다.

"나는 통일되어도 화가로 기억되고 싶다
좋은 그림 남겨 역사에 기록되고 사회에 공헌하는 것이야말로 내가 외도하지 않고 화가로만 살아온 핵심 가치이다."

그는 자서전을 낸 이유를 다음과 같이 밝혔다.

"한 20년쯤 작품을 흐트러트리지 않고 잘 관리하면 뭔가 평가 대상은 될 것으로 생각한다. 재산 가치로 그린 것은 아니지만 자식들에게 기념으로 몇 점씩 주고도 몇백 점이 남아 있을 것이다. 그것을 어떻게 할지는 내 소관이 아니지만, 아무래도 기록이 좀 있어야 한다고 생각해 자서전을 남기려는 것이다."

황용엽의 작가노트 중 가장 많이 인용되는 글은 '그림은 내 삶의 증언'이다.

"그 사람이 어떤 나라, 어떤 체제에서 태어나느냐에 따라 삶의 방식도 달라지고 사고의 체계도 특징지어진다고 나는 생각한다.

나는 일제 하 북한 땅에서 태어나 소년 시절부터 청년기에 이르기까지 공산체제 속에서 비인간적인 이데올로기 교육을 받으며 자랐다. 억압과 핍박 속에서 살아야 했던 내가 마음속에서 열망했던 것은 무엇보다도 인간답게 사는 것이었다.

그러나 1950년 6월 25일, 나는 남과 북이 서로 같은 핏줄끼리 총부리를 겨누는 싸움에 휘말리는 처절한 죽음의 상황을 몸소 겪어야만 했다. 피를 흘리며 신음하는 수많은 사람을 보아야 했고, 부모·형제·처자를 잃고 절망하는 겨레의 모습을 보아야 했다.

이 모든 일들은 이미 수십 년 전의 옛 이야기가 되고 말았지만, 그러나 아직도 내 마음속 깊은 밑바닥에는 아픈 상흔으로 남아 있다. 아니 그때 입은 육체적 부상의 흔적은 내 몸에서 아직 지워지지 않고 있다.

그 후 나는 오랜 세월을 지내오는 동안 겉으로는 웃으면서도 속으로는 슬픔의 앙금을 떨쳐 버리지 못하고 살았다. 그리하여 나는 나의 지난날의 삶을 표출하기 위해 암담한 한계상황 속에 묶인 우울한 인간을 제시할 수밖에 없었다.

그림은 곧 화가의 삶의 증언이라고 믿는 나는 나의 지난날의 삶에 비추어 도저히 밝고 기름진 인간의 모습을 제시할 수가 없었다. 인간답게 살고 싶어도 역사적인 모진 시련 때문에 뜻을 이루지 못한 채 좌절의 쓰라림을 맛보는 이지러진 인간상을 나는 여러 해에 걸쳐 끈질기게 추구해 왔다."

인간답게 살고 싶었으나 체제와 전쟁으로 인해 자유를 억압당했고, 심신의 상흔으로 겉으로는 웃으면서도 속으로는 슬픔을 가누지 못했던 화가는 밝고 기름진 인간의 모습을 제시할 수가 없어 이지러진 인간상을 그릴 수밖에 없었다고 밝힌 소회는 많은 이들의 심금을 울리고 있다.

그는 공개 석상에서도 다음과 같이 반문했다.

"남북이 갈려서 이념교육을 받고, 전쟁을 하며 냉혹한 죽음 앞에서 총을 쏴야 하는 분단의 현실에서 무엇을 얻고 어떤 가치를 찾을 수 있을까요?"

그러나 황용엽은 아픈 기억과 고통, 이산의 슬픔에 침잠해 있을 수는 없었다. '인간'이라는 주제는 계속 추구하되 이야기가 있고 밝은 색채에 전통 이미지를 접목시킨 후기 예술세계를 펼쳐 보인 것이다. 그는 작가노트에서 다음과 같이 밝혔다.

"세월의 흐름은 나도 모르는 사이에 나의 의식에 변화를 가져다주었다. 극한상황 속에서 인간 존재의 의미를 찾는 인간의 모습에 초점을 모았던 나는 또 다른 실험의 길로 들어섰다. 화폭의 중심에 자리 잡았던 인간상을 화면에 흡수시키고 내 나름대로 장식적인 효과를 자아내는 색채를 찾아 조형미를 표출하고자 의도하게 된 것이다. 뿐만 아니라 토속적인 민화, 도자기, 기와무늬, 떡살무늬, 장롱 장식 등 한국적인 원형미에서 단순화의 비밀을 캐내고자 심혈을 기울이기도 하였다. 나의 이러한 실험과 시도가 과연 어느 정도의 성과를 거두었는지 자신 있게 말할 수는 없지만, 그러나 내 딴엔 그 작업에 나의 모든 정성을 쏟아 부었다는 사실만은 서슴없이 털어놓을 수 있다.

한편 위와 같은 나의 표현 방법의 변화는 결코 오랫동안 내 자신이 고집해 온 인간상 추구와는 결별을 뜻하지 않는다는 사실을 말해 두고 싶다. 굳이 설명을 하라고 한다면 인간상에 대한 접근을 좀 더 새로운 시각에서 시도해 보고 싶어서 내 자신이 선택한 변화라고 말하겠다. 왜냐하면 인간상의 추구는 내 화필畵筆이 꺾이지 않는 한 결코 변할 수 없는 나의 명제이기 때문이다."

1980년대 후반에 시작된 황용엽의 후기 작품들은 운동선수들이 힘을 빼듯, 옛 선인들이 유희遊戲하듯 예술을 한 것처럼 소재와 기법이 한결 자유로워졌고, 한층 풍성해졌다. 무엇보다 눈에 띄는 변화는 인간에 대한 해석이다. '한계상황 속의 인간'에서 '현세 또는 꿈이나 환상 속의 인간'으로 바뀐 것이다. 우선 작품에 명제가 붙은 것부터 달라졌다. 〈가족〉, 〈고향 가는 길〉, 〈어느 날〉, 〈나의 이야기〉, 〈옛 이야기〉 등 자신의 추억과 고향, 가족들을 고통이 아닌 행복의 모습으로 그리기 시작했다. 그가 샤머니즘을 화면에 끌어들인 것은 우리 전통의 오방색을 활용하자는 의도도 있지만 무속을 통해서 혼魂이라도 불러 형상화하고 싶은 애절함이 배어 있기도 하다.

이 같은 자기 극복과 조형에서의 해탈이 있었기에 황용엽의 예술 작품은 역사의 평가를 받을 수 있다고 필자는 생각한다. 작가가 자서전에서 밝혔듯이 그는 더 큰 스케일에 도전하고 싶었으나 우리의 현실 여건이 그렇지 못해 실현할 수 없었다. 아마도 그가 유럽이나 미국에서 태어났다면 조형적으로 더 나은 평가를 받았을지도 모른다.

그런데 전기 작품이 주는 인상이 너무 강렬하다 보니 '황용엽' 하면 '한계상황의 인간'이 떠오르고, 그것을 뛰어넘어 더 넓은 조형 세계를 열었음에도 불구하고 후기 작품들이 온전한 평가를 받지 못하고 있는 것이다.

황용엽의 작품은 통일미술관에서 전시되어야 할 뿐 아니라 지금부터 본격적인 해외 전시에 나서 분단국 한국의 실정을 회화로 알리고 통일의 공감대를 형성해 나가야 한다. 그 일을 누군가가 나서서 해야 한다. 이추영 학예연구사가 평했듯이 황용엽의 작품은 '한국 화단에서 굉장히 드물고 독특한 위상'을 차지하고 있고, 또한 '현대미술'이라는 한정된 영역을 넘어 역사적으로 소중한 '살아 있는 증언'이기에 향후 그의 예술세계는 재조명되어야 한다고 본다.

황용엽

인간의
길

The Path of
The Human Be

HWANG YONG Y

미술관 과천관 제1 전시실   2015.7.

GWACHEON

Y 1

1931	12월 18일 평양 출생
1944~1948	평안남도 강서중고등학교 졸업
1948~1950	평양미술대학 중퇴
1954~1957	홍익대학교 미술대학 서양화과 졸업
1957~1959	인천고등학교 미술교사
1959~1963	서울 보성여자고등학교 미술교사
1963~1964	서울 경희여자고등학교 미술교사
1967~1978	서울 숙명여자고등학교 미술교사
2011~2013	홍익대학교 미술대학 출강

개인전

제1회	1965년	서울 중앙공보관 미술관
제2회	1973년	서울 신문회관 화랑
제3회	1974년	서울 한국문화예술진흥원 미술회관
제4회	1975년	서울 한국문화예술진흥원 미술회관
제5회	1976년	서울 한국문화예술진흥원 미술회관
제6회	1977년	서울 한국문화예술진흥원 미술회관
제7회	1978년	서울 한국문화예술진흥원 미술회관
제8회	1979년	부산 공간화랑
제9회	1979년	서울 동산방화랑
제10회	1981년	서울 동산방화랑
제11회	1982년	서울 신세계미술관
제12회	1988년	서울 문예진흥원 미술회관
제13회	1989년	미국 시카고 로이드신갤러리
제14회	1989년	서울 국제화랑
제15회	1990년	서울 조선일보미술관(이중섭미술상 수상 기념전)

제16회 1990년 미국 LA아트페어 솔로 쇼(LA 컨벤션센터)
제17회 1992년 서울 국제화랑
제18회 1993년 서울 국제화랑(황용엽 작은 그림전)
제19회 1995년 서울 조선일보미술관
제20회 1998년 서울 국제화랑(황용엽 향수전)
제21회 2001년 서울 선화랑
제22회 2003년 서울 성곡미술관(미술의 시작전)
제23회 2007년 전북 부안 휘목아트타운·미술관
제24회 2008년 서울 예술의 전당 한가람미술관
제25회 2015년 과천 국립현대미술관

주요 그룹전

1958~1962 조선일보 한국현대작가초대전(서울)

1961~1969 앙가주망 동인전(서울)

1967 도쿄 비엔날레(일본)

1975 공간대상전(국립현대미술관, 서울)
정문규와 2인전(아름화랑, 서울)

1977~1990 한국 현대작가 미술대전(국립현대미술관, 서울)

1978 한국일보 주최 한국미술대상전(국립현대미술관, 서울)
아시아 현대미술전(일본)
중앙일보 주최 중앙미술대전(국립현대미술관, 서울)
CIVITAN 자선전(미국·멕시코·캐나다)

1979 한국현대작가 오늘의 방법전(한국문화예술진흥원 미술회관,
서울)

1980 파리 SERAMADIRAS 미술년감사 초청으로 도불, 유럽
미술기행
현대서양화 15인전(예화랑, 서울)

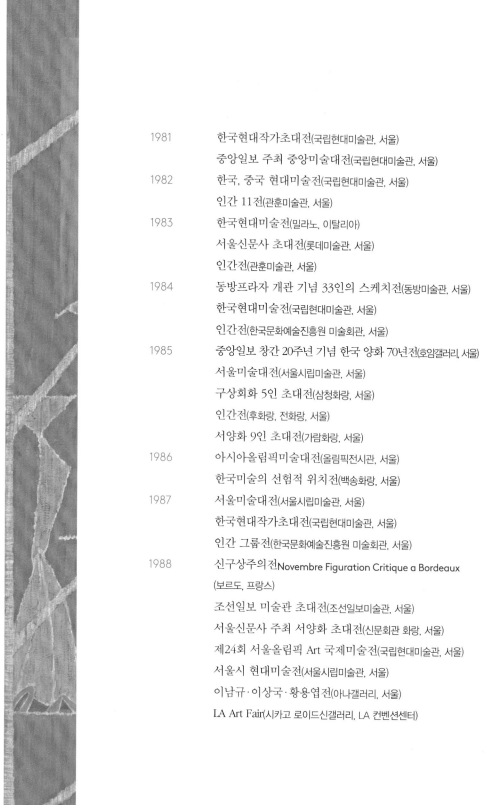

1981	한국현대작가초대전(국립현대미술관, 서울)
	중앙일보 주최 중앙미술대전(국립현대미술관, 서울)
1982	한국, 중국 현대미술전(국립현대미술관, 서울)
	인간 11전(관훈미술관, 서울)
1983	한국현대미술전(밀라노, 이탈리아)
	서울신문사 초대전(롯데미술관, 서울)
	인간전(관훈미술관, 서울)
1984	동방프라자 개관 기념 33인의 스케치전(동방미술관, 서울)
	한국현대미술전(국립현대미술관, 서울)
	인간전(한국문화예술진흥원 미술회관, 서울)
1985	중앙일보 창간 20주년 기념 한국 양화 70년전(호암갤러리, 서울)
	서울미술대전(서울시립미술관, 서울)
	구상회화 5인 초대전(삼청화랑, 서울)
	인간전(후화랑, 전화랑, 서울)
	서양화 9인 초대전(가람화랑, 서울)
1986	아시아올림픽미술대전(올림픽전시관, 서울)
	한국미술의 선험적 위치전(백송화랑, 서울)
1987	서울미술대전(서울시립미술관, 서울)
	한국현대작가초대전(국립현대미술관, 서울)
	인간 그룹전(한국문화예술진흥원 미술회관, 서울)
1988	신구상주의전Novembre Figuration Critique a Bordeaux (보르도, 프랑스)
	조선일보 미술관 초대전(조선일보미술관, 서울)
	서울신문사 주최 서양화 초대전(신문회관 화랑, 서울)
	제24회 서울올림픽 Art 국제미술전(국립현대미술관, 서울)
	서울시 현대미술전(서울시립미술관, 서울)
	이남규·이상국·황용엽전(아나갤러리, 서울)
	LA Art Fair(시카고 로이드신갤러리, LA 컨벤션센터)

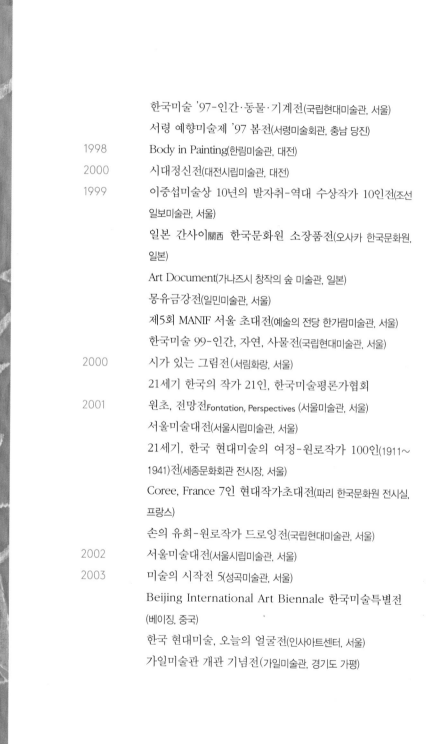

한국미술 '97-인간·동물·기계전(국립현대미술관, 서울)

서령 예향미술제 '97 봄전(서령미술회관, 충남 당진)

1998 Body in Painting(한림미술관, 대전)

2000 시대정신전(대전시립미술관, 대전)

1999 이중섭미술상 10년의 발자취-역대 수상작가 10인전(조선
일보미술관, 서울)

일본 간사이關西 한국문화원 소장품전(오사카 한국문화원,
일본)

Art Document(가나즈시 창작의 숲 미술관, 일본)

몽유금강전(일민미술관, 서울)

제5회 MANIF 서울 초대전(예술의 전당 한가람미술관, 서울)

한국미술 99-인간, 자연, 사물전(국립현대미술관, 서울)

2000 시가 있는 그림전(서림화랑, 서울)

21세기 한국의 작가 21인, 한국미술평론가협회

2001 원초, 전망전Fontation, Perspectives (서울미술관, 서울)

서울미술대전(서울시립미술관, 서울)

21세기, 한국 현대미술의 여정-원로작가 100인(1911~
1941)전(세종문화회관 전시장, 서울)

Coree, France 7인 현대작가초대전(파리 한국문화원 전시실,
프랑스)

손의 유희-원로작가 드로잉전(국립현대미술관, 서울)

2002 서울미술대전(서울시립미술관, 서울)

2003 미술의 시작전 5(성곡미술관, 서울)

Beijing International Art Biennale 한국미술특별전
(베이징, 중국)

한국 현대미술, 오늘의 얼굴전(인사아트센터, 서울)

가일미술관 개관 기념전(가일미술관, 경기도 가평)

2004	격동기의 한국 미술 1950년대전(예술의 전당 한가람미술관, 서울)
	한국 현대미술 다시 읽기(MIA 미술관, 서울)
2005	예림을 걷다-시대와 함께, 작가와 함께(서울올림픽미술관, 서울)
2006	서울미술대전(서울시립미술관, 서울)
	제12회 MANIF 서울국제아트페어(예술의 전당 한가람미술관, 서울)
2007	제13회 MANIF 서울국제아트페어(예술의 전당 한가람미술관, 서울)
2008	이중섭미술상 20년의 발자취-역대 수상작가 20인전(조선일보미술관, 서울)
	제14회 MANIF 서울국제아트페어 황용엽 특별전(예술의 전당 한가람미술관, 서울)
2009	제15회 MANIF 서울국제아트페어(예술의 전당 한가람미술관, 서울)
2010	제16회 MANIF 서울국제아트페어(예술의 전당 한가람미술관, 서울)
2011	제17회 MANIF 서울국제아트페어(예술의 전당 한가람미술관, 서울)
	한국 근현대미술의 재발견(롯데호텔 갤러리, 서울)
	대구시립미술관 개관기념 '기氣가 차다'(대구시립미술관, 대구)
2012	현대 구상화 작가 3인전-박성환·김상유·황용엽(갤러리 현대, 서울)
	제18회 MANIF 서울국제아트페어(예술의 전당 한가람미술관, 서울)
2013	한국의 현대미술(제주현대미술관, 제주)

제19회 MANIF 서울국제아트페어(예술의 전당 한가람미술관, 서울)

2014   원로에게 길을 묻다(갤러리 미술세계, 서울)
        당림 이종무 화백 추모 25인전(당림미술관, 충남 아산)
        경인방송OBS 〈명불허전〉 출연

2015   국립현대미술관 현대미술작가시리즈 《황용엽 : 인간의 길The Path of The Human Being: HWANG YONG YOP》전(국립현대미술관 과천관)

수상

1989년 조선일보사 제정 제1회 이중섭미술상 수상
2005년 대한민국 보관문화훈장 서훈
2007년 MANIF 서울국제아트페어 대상 수상

작품 소장

국립현대미술관
서울시립미술관
한국문화예술진흥원
호암미술관
田澤湖 祈りの美術館